청소년 역사소설

소년, 독립군이 되다

글 고정욱 | 그림 김옥희

도서출판 명주

초판 1쇄 인쇄 | 2022년 11월 7일
초판 1쇄 발행 | 2022년 11월 10일

글 | 고정욱
그림 | 김옥희
펴낸이 | 김영대
펴낸곳 | 도서출판 명주
출판등록 | 2011년 7월 20일(제 301-2013-083)
주소 | 서울특별시 강동구 천중로42길 45 2층
전화 | 02-485-1988
팩스 | 02-485-1488
ISBN 978-89-6985-020-1

ⓒ 고정욱, 2022
정가 13,000원

* 잘못된 책은 서점에서 바꾸어 드립니다.

청소년 역사소설

소년, 독립군이 되다

글 **고정욱** | 그림 **김옥희**

도서출판 **명주**

머/리/말

역사의 진실 앞에서

  우리의 가까운 역사 가운에 중요하면서도 꼭 잊어서는 안 되는 것은 일본이 우리나라를 식민지로 36년간 강제 지배한 치욕의 역사입니다. 우리 민족은 그 기간 동안 말할 수 없는 고초와 고난을 겪어야 했습니다. 민족의 정기도 많이 훼손되고 말살되었습니다. 우리말까지 빼앗겼습니다. 참으로 불행한 시절이었습니다.

  그러나 더욱 불행한 것은 일제 식민지의 역사가 끝나고 독립한 새 나라를 세웠을 때 일본의 앞잡이 노릇을 하던 친일파들을 완전히 제거하지 못했다는 점입니다. 오히려 그 친일파들이 새 나라의 중요한 자리를 차지하고 앉았습니다. 물론 나라를 운영하기 위한 것이라지만 참으로 어처구니 없는 일입니다.

물론 이런 이야기는 교과서에 잘 나와 있지 않습니다. 그렇지만 우리가 꼭 알아야 할 사실입니다. 그것이 역사의 진실이기 때문입니다. 역사의 진실을 알면 다음에 똑같은 실수를 범하지 않게 됩니다.

독립군이 된 소년 치영이가 못 다 피운 무궁화는 그래서 이 글을 읽는 여러 독자들이 힘을 합쳐 피워내야 합니다. 우리의 무궁화가 온 삼천리 강산에 활짝 필 때 역사의 진실

도 승리할 것입니다.

  금년은 광복 77주년이 되는 해입니다. 각자 마음 속에 한 송이의 무궁화를 심어서 소중히 키운다면 삼천리 강산에 무궁화가 가득 필 것입니다.

2022년 가을, 북한산 자락에서

고정욱

차 례

머리말 _ 역사의 진실 앞에서_ 3

대한 독립 만세_ 11

동굴 속 선생님의 이야기_ 31

발각된 선생님_ 48

아버지의 유언_ 76

치영, 독립군 되다_ 91

같은 민족, 다른 사람들_ 110

전쟁 속에 커 가는 친일파_ 127

친일파를 응징하라_ 141

드디어 해방_ 152

못다 이룬 꿈_ 171

대한 독립 만세

 추운 겨울이 물러간 3월 중순의 어느 날입니다. 꽁꽁 얼어붙었던 땅도 녹아 따뜻한 훈기를 피워 올립니다. 시냇가의 얼음은 벌써 녹아 맑은 냇물이 노래하듯 졸졸 흐릅니다. 먼 산도 하루가 다르게 푸른색을 더해갑니다. 이제 정말 마음까지 푸근한 봄이 온 것입니다.
"얘! 같이 가자."
 나물 캐는 바구니를 들고 뒷산으로 올라가던 동숙이는 누군가 부르는 소리에 고개를 돌렸습니다. 저만치에서 신나게 소리치며 달려오는 친구는 치영이었습니다.

"어서 와."

동숙이는 치영이가 올 때까지 기다려 주었습니다. 두 아이는 양지뜸 마을에 이웃해 사는 소꿉동무였습니다. 두 아이는 어려서부터 같이 자랐습니다. 그러면서 읍내 소학교도 함께 다니는 같은 학년, 같은 반 친구였습니다.

동숙이의 아버지는 읍내 주재소* 옆에서 방앗간을 하는 마을 유지였습니다. 그래서 그런지 동숙이의 얼굴은 부잣집 딸답게 늘 뽀얗고 예뻤습니다. 동숙이는 마음씨도 얼굴만큼 고왔습니다. 가끔 치영이가 동숙이네 집에 놀러 가면 언제나 동숙이가 과자나 떡 같은 먹을 것을 많이 주었습니다.

그러나 치영이네 집은 가난한 소작농이었습니다. 땅이 많은 사람의 논과 밭을 빌어서 일 년 내내 농사를 짓고 추수한 곡식을 나눠 먹는 것이 소작농입니다. 땅 주인은 가만히 앉아서도 배부르게 곡식을 먹을 수 있었지만, 소작농은 일한 것의 반만 가지게 되니 언제나 고생은 고생대로 하고도 가난할 수밖에 없었습니다. 그렇지만 치영이는 기죽지

---

* 주재소 : 일제 시대에 일본 경찰관들이 사무를 보던 곳

않고 늘 씩씩했습니다. 항상 웃고 밝게 지냈습니다. 친구도 많았습니다. 언제나 정의롭고 의리가 있었기 때문입니다. 동숙이도 그런 치영이가 좋았습니다. 그래서 두 아이는 친구로 오랫동안 잘 지낼 수 있었던 것입니다.

잠을 깨세 잠을 깨세 사천 년이 꿈속이라
만국이 회동*하여 사해가 일가로다.

두 아이는 옛날 어른들이 만든 노래를 신나게 부르며 풋풋한 풀 냄새 피어오르는 산길을 걸어 올라갔습니다.
그때였습니다.
"얼레리꼴레리, 얼레리꼴레리. 치영이랑 동숙이는 결혼한대요. 얼레꼴레리!"
저만치에서 웬 아이들 둘이 나타나 혀를 내밀고 이상한 춤을 추며 사이좋게 나물을 뜯으러 가는 두 아이를 놀리는 것이었습니다. 같은 반의 재필이와 승덕이었습니다.

---
* 회동 : 같은 목적으로 여럿이 모임

재필이의 아버지 김익부는 주재소를 들락거리는 일본인들의 앞잡이었습니다. 언제나 기분 나쁜 눈초리로 돌아다니며 사람들의 수상한 기색을 살피곤 했습니다. 그래서 동네 사람들은 그를 밀정*이라고 불렀습니다.

승덕이네 아버지는 땅을 많이 가지고 있는 부자였습니다. 부자였지만 욕심이 많아 소작료*를 많이 받기 때문에 사람들이 싫어했습니다.

"너희들, 정말…."

치영이가 쫓아가자 녀석들은 재빨리 도망쳤습니다. 치영이는 씩씩한 아이였기에 그 누구도 치영이와 싸워서 쉽게 이길 수 없었기 때문입니다.

"한 번만 더 놀리면 가만 두지 않을 거야."

치영이는 허공에 주먹질을 해 보이고 동숙이를 위로했습니다.

"괜찮아. 녀석들이 괜히 놀리는 거야."

치영이는 시무룩해져 있는 동숙이를 데리고 산길을 계속

---

* 밀정 : 몰래 정탐하는 사람
* 소작료 : 땅을 빌어 농사를 짓는 사람이 그 대가로 주는 곡식이나 돈

걸어갔습니다. 산 여기저기 양지바른 곳에 나물들이 많이 돋아 있었습니다. 동숙이는 작은 칼로 조심스럽게 어린 쑥을 캤습니다. 치영이는 그냥 손톱으로 쑥을 뚝뚝 끊어서 동숙이의 바구니에 마구 넣어 줬습니다.

동숙이는 공부를 잘했습니다. 그래서 읍내에 있는 소학교에 갔다 오면 숙제부터 했습니다. 뿐만 아니라 동숙이의 글 솜씨는 학교에서 으뜸이었습니다. 글짓기 대회에 나가서도 항상 상을 탔습니다.

그러나 치영이는 숙제보다는 산과 들에서 뛰어노는 것을 더 좋아했습니다. 그래서 치영이의 몸은 작지만 아주 단단합니다. 달리기도 빠르고 재주 넘기도 학교에서 가장 잘하는 아이가 바로 치영이었습니다.

"우리 선생님 참 좋지?"

동숙이가 물었습니다.

"좋기는? 야, 만날 공부 안 한다고 야단만 치시는데……."

"그게 다 우리나라를 위한 거라고 하잖아. 우리가 공부를 열심히 해야 실력을 기르게 되고, 그러면 좋은 세상이 온다고 말야."

"좋은 세상이 뭔지 너 알기나 해?"

"좋은 세상은…… 있지, 걱정이나 근심이 없는 세상이야."

"피~ 우리 아빠가 그러시는데 좋은 세상은 없대. 배부르게 쌀밥 먹을 수 있는 세상이 좋은 세상인데, 그런 건 평생 기다려도 오지 않는대."

"그럼, 선생님이 거짓말을 하셨단 말야?"

"선생님이 거짓말 하신 게 아니라 그런 세상은 없다는 거야. 그냥 우리들 공부 시키려고 하시는 말씀인 거, 너 몰라?"

"아냐. 우리가 공부 열심히 하면 좋은 세상이 꼭 온댔어."

"글쎄, 아니래두."

"내가 공부 열심히 해서 훌륭한 사람 되면 좋은 세상을 만들 거다, 뭐."

두 아이의 담임 선생님은 키가 작고 딴딴한 몸매를 가진 김두호 선생님이었습니다. 그분은 학생들에게 늘 정의로운 사람이 되라고 하셨습니다. 불의를 보면 참지 못하는 사람이 되어야 한다고도 했습니다. 또한 우리나라는 얼마 전까지만 해도 독립된 나라였다고 했습니다. 일본사람들이 이 땅에서 활개치고 다닌 것은 얼마 되지 않았다고 했습니다.

"너, 독립이 뭔지 아니?"

"얼마 전에 우리 아빠가 그러시는데 일본놈들이 이 땅에서 없어지는 게 독립이래."

"그럼, 주재소도 없어지는 거야?"

"그럼."

"순사*도?"

"그럼."

"재필이네 아버지도?"

"글쎄?"

두 아이는 뭔지 모르지만 독립이란 것이 쉽지만은 않을 것 같다는 생각이 들었습니다. 순사와 재필이 아버지가 나타나면 동네 개들도 꼬리를 감추고 도망가기 바빴으니까요. 그런 그들이 이 세상에서 싹 없어질 수는 없을 것 같았습니다.

"야~ 나물 다 캤다."

---

* 순사 : 일제 시대 경찰의 제일 낮은 계급으로 오늘날의 순경

"그래."

"이제 집에 가야지."

동숙이가 옷을 털자 치영이가 말했습니다.

"동숙아, 내가 재미난 거 보여 줄게."

"뭔데?"

"따라와 봐."

동숙이는 호기심이 발동했습니다. 그래서 치영이를 따라 산으로 더 올라갔습니다.

한참을 올라가 찔레 숲에 다가선 치영이는 조심스럽게 나뭇가지 하나를 잡아당겼습니다. 그러자 놀랍게도 찔레 덤불이 들리고 밑으로 사람 하나가 기어 들어갈 만한 구멍이 생겼습니다.

"자, 어서 들어와 봐."

치영이가 먼저 구멍 사이로 기어 들어가서 소리쳤습니다. 동숙이도 조마조마한 가슴을 안고 그 안으로 들어갔습니다.

"어머, 동굴이네?"

"그래, 내가 발견했어. 오소리가 살았었나 봐. 그런데 내가 쫓아내고 동굴을 더 크게 넓혔지."

커다란 바위가 여러 개 겹쳐 있는 사이에 치영이가 만든 동굴이 있었습니다. 두 아이는 그 안으로 들어가 사이좋게 앉았습니다.

"여기는 나만의 비밀 장소야. 아무도 몰라."

동굴 안에는 치영이가 가져다 깔아 놓은 가마니도 있었습니다.

"이곳은 누구에게도 말해 주지 않을 거야."

"나한테는 말해 줬잖아."

"그야, 너는 내 친구니까."

두 아이는 그 동굴에서 한참을 놀았습니다.

동숙이는 노래를 불렀습니다.

새야 새야 파랑새야 너 무엇 하러 나왔느냐

솔잎 댓잎이 푸릇푸릇 여름인가 하였더니

흰 눈이 펄펄 흩날리니

저 건너 소나무 대나무가 날 속인다.

노랫소리가 동굴 안에 울려서 이상한 기분이 들었습니

다. 두 아이는 그 안에서 한참을 놀다가 내려왔습니다. 동굴에서 나오니 벌써 해가 지려 했습니다.

"어떡해? 잉~ 우리 엄마 오셨으면 나 혼날 텐데."

"빨리 가자."

두 아이는 어두워지는 산길을 마구 달려 내려왔습니다.

"엄마한테 혼날 거야. 잉~"

동숙이는 집 앞까지 오자 사뭇 칭얼댔습니다.

"울지 마. 나 땜에 늦었다구 해. 내가 대신 야단 맞을게."

그런데 겁을 잔뜩 먹고 들어선 동네의 분위기는 이상했습니다. 마을에 어른들의 모습이 하나도 보이지 않는 것이었습니다. 집집마다 아이들만 빈집을 지키고 있었습니다.

"장은 벌써 파했을 텐데……."

읍내의 5일장은 대개 해가 지기 전에 끝이 납니다. 그런데 깜깜한 밤이 되도록 장에 갔던 어른들은 하나도 마을로 돌아오지 않고 있었습니다.

"왜, 어른들이 안 오시는 거지?"

치영이는 이상하게 생각했습니다. 동숙이는 엄마가 오기 전에 빨리 쑥국을 끓인다며 쑥을 들고 집으로 들어갔습니다.

"안 되겠다. 내가 직접 동구 밖까지 나가 봐야지."

치영이는 달려나갔습니다. 동구 밖의 오래된 아름드리 느티나무 아래까지 오자 저만치 읍내에서 돌아오는 사람들의 모습이 보였습니다. 동네 어른들은 다 함께 뭉쳐서 오고 있었습니다. 치영이의 아버지, 어머니도 보였습니다. 동숙이네 어머니 얼굴도 있었습니다.

"아버지!"

"오, 치영이구나. 어서 들어가자."

아버지는 치영이의 손을 꾹 잡고 힘차게 걸었습니다.

"왜 이리 늦게 오셨어요?"

"응, 그럴 일이 좀 있었다."

아버지의 목소리는 예전의 힘없던 것이 아니었습니다. 생생한 기운이 담긴 듣기 좋은 목소리였습니다.

"아이고! 십 년 묵은 체증이 다 풀리네."

"글쎄 말이여. 만세를 그렇게 오지게 불러 버리니 우리나라가 다 독립된 것 같더구만."

"자네도 봤지? 그 주재소 놈들이 숨어서 눈만 내놓고 나오지도 못하던 거."

"암, 보고 말고, 얼마나 후련하던지……."

"이대로 독립이 되어 버렸으면 좋겠구만."

어른들은 이런 말을 주고받으며 마을로 들어와 각자의 집으로 돌아갔습니다.

"아버지, 무슨 일이 있었어요?"

집에 들어온 뒤 치영이가 다시 아버지에게 물었습니다.

"치영아, 오늘 장에서 무슨 일이 있었는지 아니? 어른들은 전부 대한 독립 만세를 외쳤단다."

"그게 뭔데요?"

"우리나라는 독립을 하고 일본은 자기네 나라로 돌아가라는 거란다."

"암, 우리 국민 모두가 만세만 불러도 저 못된 일본놈들은 자기들 나라로 돌아갈 수밖에 없단다."

"순사는 총도 있는데요?"

"총으로 우리 백성을 다 죽일 수는 없지."

치영이 아버지의 눈에서는 불이 활활 타오르는 것만 같았습니다.

일본이 우리나라를 강제로 침략해 식민지로 만든 지 어언 10년이 지났습니다. 그간 우리 민족의 독립을 얻어내려고 많은 의병들이 총을 들고 싸움터로 나갔습니다. 뿐만 아니라 안중근* 같은 의사*들이 일제에 저항해 이토 히로부미를 죽이는 의거를 일으키고 꽃처럼 죽어갔습니다.

일제는 우리 민족의 끊임없는 저항에 위기의식을 느끼고 강력한 무단정치*를 시행했습니다. 자신들의 지배에 저항하는 사람들은 모두 잡아다 가혹한 형벌로 다스리는 것이

* 안중근(1879~1910) : 조선 말기의 대표적인 교육가이자 독립운동가인 안중근 의사는 각종 의병 활동을 펼친 것 외에도 단지회(안중근, 엄인섭, 김태훈 등이 결성한 조직으로 손가락을 잘라 민족 원흉을 암살할 것을 맹세한 단체)를 조직하여 이토 히로부미를 암살합니다. 하얼빈 역에 울려 퍼진 세 방의 총소리는 온 세상에 자유 독립의 의지를 밝힌 쾌거였습니다.

* 의사 : 의협심이 있는 사람으로 국가와 민족을 위해 목숨을 바친 애국 열사
* 무단정치 : 무력으로 조선 민족을 억압하던 3·1운동 이전까지 일제의 식민지 정책

었습니다. 또한 우리 민족의 자랑스러운 고유 문화도 말살했습니다. 민족의 고유 문화 안에는 우리의 혼과 얼이 담겨 있기 때문입니다. 그러면 언제고 우리 민족이 다시 일어설 테니 두려웠던 것입니다.

그리고 일제는 경제적 기반까지 송두리째 망가뜨려 놓았습니다. 우리의 경제력으로 스스로 먹고 살 수 없게 하려는 것이었습니다. 우리 국민들은 가난과 배고픔으로 고통받아야만 했습니다.

그 무렵 미국의 윌슨* 대통령은 '전 세계 각 민족의 운명은 각 민족이 스스로 결정한다.'는 민족자결주의를 주장했습니다. 이는 세계 각 민족들에게 충격을 주었습니다. 우리나라도 이에 큰 자극을 받았습니다.

* 윌슨(1850~1924) : 미국의 28대 대통령. 윌슨은 제1차 세계대전 직후, 민족자결주의를 발표해 전 세계 모든 민족에게 독립의 의지를 일깨워 주었습니다. 그는 개혁주의 정치가로 국제 평화기구를 중심으로 국제적인 질서를 확립하려는 다양한 활동들로 1919년 노벨평화상을 받았습니다.

일본에 유학 갔던 학생들은 1919년 2월 8일 도쿄 조선 기독교 청년 회관에서 조선 청년 독립단이라는 이름으로 유학생을 모아 놓고 독립선언서를 낭독하였습니다. 이들 가운데 앞장섰던 사람들이 모두 체포되자 나머지 유학생들은 고국인 조선에 돌아와 독립 운동을 계속하기로 결심했습니다.

　3월 1일 천도교*, 불교, 기독교 대표들이 한데 모여 우리나라의 독립을 선포했습니다. 마침 고종 황제가 돌아가셔서 그를 애도하려 탑골공원에 모여 있던 5,000여 명의 사람들은 정오를 알리는 포가 울리자 일제히 만세를 외쳤습니다.

　"대한 독립 만세!"

　"만세!"

　그때까지 감쪽같이 이 사실을 모르고 있던 일제는 너무나 당황해 처음엔 어쩔 줄 몰랐습니다. 무자비하게 우리 백성들을 짓밟았습니다. 군대와 경찰을 동원해 맨손으로 평화적인 시위를 벌이는 우리 백성들을 총으로 쏘고, 발로 차

---

* 천도교 : 동학의 다른 말. 3대 교주였던 최제우에 의해 동학에서 천도교로 바뀜

고, 칼로 베기도 했습니다. 많은 사람들이 죽고 체포되고 부상당했습니다.

수원 제암리에서는 교회 안에 우리나라 사람들을 잔뜩 가두어 놓고 입구를 막은 뒤 어린이와 여자 가릴 것 없이 모두 총을 쏘고 불을 질러 무차별로 죽이기까지 했습니다. 3·1만세 운동은 그 뒤 전국 각지로 퍼져 나갔습니다. 그해 3월과 4월은 삼천리 방방곡곡의 온 시골 장터에서 만세 소리가 끊이질 않았습니다. 이 운동에는 전국에서 무려 200만 명의 사람들이 참여해서 7,500여 명이 죽었고, 1만 6,000여 명의 부상자가 나왔습니다. 체포되어 간 사람만 4만 6,000여 명이었습니다.

치영이네 동네에도 그제야 이 소식이 전해져 그날 마을 사람들이 전부 목이 터지도록 만세를 부르고 온 것입니다.

"그나저나 우리 치영이네 담임 선생님 대단한 분이시지?"

"글쎄 말예요."

치영이의 아버지와 어머니는 말했습니다.

"왜요? 우리 선생님이 뭘 어쨌길래요?"

"너희 선생님이 오늘 독립선언서를 읽으셨단다. 장터의 그 많은 사람들 앞에서……."

"눈물을 흘리면서 글을 읽으시는데 어찌나 감격스럽던지 장터에서 울지 않는 사람이 없었단다. 훌륭한 선생님을 두어서 우리 치영이는 좋겠다."

보지 않아서 어땠는지 잘 알 수는 없었습니다. 그 자리에 있지 못했다는 게 너무 안타까운 치영이었습니다.

"그나저나 일본놈들이 가만 둘까요?"

어머니가 걱정스러운 얼굴로 물었습니다.

"가만 안 있을 거요. 그래서 우리가 선생님을 숨겨 드린 거잖소."

"곧 잡으러 올 텐데……."

"내일이라도 자리를 옮기셔야지."

치영이는 선생님이 어딘가에 숨어 있다는 걸 알게 되었습니다.

"아버지, 선생님은 지금 어디 계시는데요?"

아버지는 물끄러미 치영이를 보고는 대답했습니다.

"너희 담임 선생님은 지금 상엿집에 계신단다."

"예? 상엿집이오?"

상엿집은 죽은 사람의 시신을 담은 관을 산속까지 지고 가는 상여를 넣어 두는 무서운 곳입니다.

"그래, 너 어디에 가서 이 말을 하면 안 된다. 그러면 선생님이 잡혀가신다."

"네, 맹세해요."

치영이는 잠자리에 누워 숨어 있는 선생님을 어떻게 도와 드릴까 궁리를 하다 잠이 들었습니다.

동굴 속 선생님의 이야기

"이 바보 녀석! 감히 만세를 불렀겠다. 어디 혼나 봐라."

갑자기 일본의 순사들이 선생님을 묶어서 질질 끌고 갔습니다. 이를 지켜보던 치영이가 소리쳤습니다.

"선생님! 우리 선생님 죄 없어요! 선생님을 놔주세요!"

목이 터져라 소리를 지르다 치영이는 꿈에서 깨어나 자리에서 벌떡 일어났습니다. 어느새 동창이 푸르게 밝아오고 있었습니다.

"휴~ 꿈이었구나!"

치영이는 이마에 맺힌 식은땀을 닦았습니다. 곰곰이 생

각해 보니 아무래도 선생님이 그대로 상엿집에 있으면 잡혀갈 것만 같았습니다. 불안해서 견딜 수가 없었습니다.

'아무래도 안 되겠어. 선생님이 위험해.'

치영이는 세수도 하지 않고 집을 나서 마구 달려갔습니다.

상엿집은 마을 어귀에서 뒷산 쪽으로 가는 길에 있었습니다. 살금살금 다가간 치영이가 상엿집의 거적문 앞에서 선생님을 불렀습니다.

"선생님! 선생님! 저 치영이예요."

한참 뒤, 거적문이 열리더니 선생님의 얼굴이 나타났습니다.

"오, 치영이구나! 여기는 어떻게 알고 왔니?"

"선생님께서 잡혀가시는 꿈을 꿨어요. 그래서 이렇게 왔어요."

"녀석, 날 걱정해 주니 고맙구나."

"선생님, 이 상엿집은 위험해요."

"안 그래도 오늘은 어디 다른 곳으로 옮기려고 한단다."

"선생님, 제가 좋은 곳을 알고 있어요."

"그곳이 어딘데?"

"저만 아는……. 아, 저하고 동숙이만 아는 비밀 장소가 있어요. 그리 가서 숨어 계세요."

"그래?"

선생님은 뭔가 생각하는 눈치더니 거적문을 들추고 밖으로 나왔습니다. 치영이는 신이 나서 선생님을 어제 동숙이와 갔던 동굴로 안내했습니다. 산속 깊은 곳에 숨겨진 동굴을 보고 선생님은 말했습니다.

"이곳에 숨어 있으면 아무리 눈치 빠른 첩자도 나를 찾지는 못하겠다."

"선생님, 이곳에 계시면 제가 아버지와 어머니께 말씀드려서 먹을 것이랑 이불을 가져올게요."

"그래, 고맙구나."

그래서 선생님은 동굴에 숨어 있게 되었습니다. 선생님을 숨겨 주고 산에서 내려오니 누가 일렀는지 순사들이 총칼을 들고 와서 그새 상엿집을 다 뒤집어엎어 놓았습니다.

'휴~ 조금만 늦었어도 큰일 날 뻔했네.'

치영이는 모른 척하고 그 앞을 지나갔습니다. 속으로는

깨소금맛이라며 웃음이 나오려 했지만 꾹 참았습니다.

그때부터 선생님의 음식 심부름은 치영이와 동숙이가 맡았습니다. 두 아이는 교대로 동굴을 드나들었습니다. 세상이 조용해지면 멀리 도망간다며 선생님은 숨어 있었습니다.

선생님의 얼굴에는 그동안 자란 수염이 가득했습니다. 늘 깔끔하던 선생님의 모습은 찾아볼 수 없었습니다.

"선생님, 힘들지 않으세요?"

어느 날 치영이와 함께 동굴로 찾아간 동숙이가 물었습니다.

"괜찮다. 선생님은 이미 옛날에도 역적 이완용 집에 불을 지르고 도망다닌 일이 있단다."

"네? 이완용이 누군데요?"

"우리나라를 팔아먹은 매국노란다."

"어떻게 우리나라를 팔아먹었어요? 얼마를 받았대요?"

치영이가 물었습니다.

"그럼, 그 얘기를 해 줄까?"

두 아이는 동굴 안에서 선생님과 마주 앉아 우리나라가

일본에게 침략당한 이야기를 들었습니다.

영국과 미국의 도움을 받으며 러·일 전쟁을 일으킨 일본은 1904년 정치, 군사, 외교적 불평등의 내용이 담긴 한일의정서 체결을 강요하며 조선을 전쟁터로 만들었습니다. 일본은 전쟁에 유리해지자 이를 바탕으로 화폐 정리 사업 등을 감행하면서 조선을 식민지로 만들기 위한 준비를 차근차근 했습니다. 그들은 이토 히로부미*를 보내 조선의 외교권을 빼앗았고, 통감 정치*를 실현하기 위한 을사보호조약* 체결을 강요했습니다.

어전 회의에서 대신들은 이 조약에 대해 강력히 반대했

* 이토 히로부미(1841~1909) : 일본 메이지 시대의 정치인으로 1905년 조선 정부와 고종을 위협하여 을사보호조약을 강제로 체결해 국권 침탈의 기초를 마련한 인물입니다. 그러나 1909년 만주를 시찰하고 러·일 간의 협상을 체결하기 위해 여행을 하던 중 하얼빈 역에서 안중근 의사의 저격으로 피살됩니다.

* 통감 정치 : 을사보호조약 후, 1910년 국권을 잃을 때까지 일본이 조선을 지배했던 정치 형태
* 을사보호조약 : 1905년 일본이 조선의 외교권을 뺏은 조약

습니다.

"이것은 우리나라를 일본의 식민지로 만드는 조약이오."

"절대로 이 조약을 체결해선 안 됩니다."

신하들은 모두 큰 소리로 말했습니다. 고종 황제도 일본 공사 하야시에게 말했습니다.

"신하들이 저렇듯 반대하니 나도 어찌할 수 없소. 그냥 돌아가시오."

그러자 이 소식을 들은 이토 히로부미는 어마어마한 기세로 군사들을 이끌고 서울로 올라와 사람들을 위협하며 궁으로 쳐들어왔습니다. 그는 고종 황제에게 가서 말했습니다.

"이 조약을 거부하면 조선에 심각한 위기가 올 것이오."

"나도 그것을 알고 있지만 우리 대신들에게 자문을 구해야 하오. 또한 백성들에게도 찬반을 물어야 하오."

고종 황제의 말을 들은 이토 히로부미는 웃었습니다.

"으하하하! 대신들의 의견을 듣는 것은 있을 수 있는 일이지만 백성의 의견을 묻는다는 건 웃기는 일이외다. 조선은 헌법 정치를 하는 민주주의 국가가 아니고 왕이 다스리는 나라가 아니오? 왕이 하라고 하면 하는 게지, 무슨 백성들의 의사가 중요하단 말이오?"

그것은 사실이었습니다. 우리나라는 그때만 해도 국민의 의사를 전달할 국회가 없었습니다. 그 점을 알고 일본은 어떤 수를 쓰든 황제와 대신들만 위협해서 조약을 체결하게 하면 조선을 송두리째 차지할 수 있다고 생각했습니다.

이토 히로부미는 무장한 군인들을 늘어놓고 일본 헌병의 호위 아래 대신들을 으르면서 조약 체결을 강요했습니다.

그 자리에서 한규설*이 말했습니다.

"이런 엉터리 조약에 나는 죽어도 찬성할 수 없소이다."

"무엇이? 찬성할 수 없어?"

"그렇소. 목에 칼이 들어오면 들어왔지. 나라를 팔아 넘길 수는 없소이다."

"좋소, 두고 봅시다."

이토 히로부미는 한규설을 쏘아보더니 그 다음에는 정부

---

* 한규설(1848~1930) : 을사보호조약 체결을 끝까지 반대했으며, 조선교육회를 창립한 인물

동굴 속 선생님의 이야기

의 재무를 총괄하던 관아인 탁지부의 대신 민영기*에게 물었습니다.

"탁지부 대신은 어떻소?"

"나 역시 반대요. 이 조약은 무효요."

"음, 정녕코 반대란 말이오?"

"그렇소. 당신들은 일본으로 돌아가시오."

이때 나선 것이 이완용이었습니다.

"나는 찬성이오. 우리나라는 일본 같은 큰 나라의 도움을 받아야 하오."

"오, 그렇소. 맞는 말이오."

그제야 이토 히로부미는 웃으며 이완용의 손을 덥썩 잡았습니다. 다음 차례는 박제순이었습니다. 이토 히로부미는 그에게 은근히 물었습니다.

"외부대신 박 공은 말해 보시오. 이 조약을 찬성할 것이오, 반대할 것이오?"

박제순은 이토 히로부미의 무서운 눈을 보고 갑자기 겁

---

* 민영기(1858~1927) : 을사보호조약에 반대했으나, 후에 변절하여 황국협회를 조직해 독립협회를 탄압했던 인물

이 덜컥 났습니다. 애초의 마음은 결사 반대였지만 그의 눈을 보는 순간 죽는다는 것이 두려웠습니다. 그것을 이토 히로부미가 눈치채지 못할 리 없었습니다. 한 번 더 위협적으로 말했습니다.

"어서 말씀하시오."

"이미 이 조약은 거부하기로 했소이다. 이를 외교 담판으로 협의하라면 나는 찬성할 수 없소이다. 다만 명령이 있다면 할 수 없지만……."

이토 히로부미는 말꼬리를 잡고 늘어졌습니다.

"명령이라면 무슨 명령이오? 황제의 명령이란 말이오?"

"그런 게 아니라……."

"그럼 뭐란 말이오? 그대는 이 안에 절대적으로 반대하는 게 아니구려. 폐하인 고종 황제의 명령만 있으면 찬성할 거지요?"

"나는 모르오. 마음대로 하시오."

박제순은 급한 나머지 말을 얼버무렸습니다. 그러자 이토 히로부미가 말했습니다.

"외부대신이 마음대로 하라고 했으니 이는 찬성하는 거

나 마찬가지요."

그러자 이완용이 공을 세우고 싶어 나섰습니다.

"여보시오. 이 조약을 거부하면 군사력이 강한 일본이 우리나라를 칠 것이오. 그렇게 된다면 우리에게 큰일이 아니겠소? 차라리 체면을 살리면서 일본의 요구를 들어줍시다."

"그럴 수는 없소이다."

한규설과 민영기가 또 반대하자 다른 대신들이 나섰습니다.

"이 조약을 우리 편에게 유리하게 고치고 왕실의 안녕과 그 존엄을 유지한다는 문장을 넣어서 통과시킵시다."

이완용과 친일파들의 간사한 꾀로 1905년 11월 17일 박제순과 일본 특명 전권공사 하야시 사이에서 을사보호조약이 체결되었습니다. 그 내용은 일본이 우리 대한제국 황실의 안녕과 존엄을 지켜주는 대신, 통치권은 일본의 통감에게로 넘어간다는 것이었습니다. 보호조약에 따라 일본은 이토 히로부미를 초대 통감으로 임명하고 서울에 통감부를 두었습니다.

이때 이 조약을 반대하지 않고 찬성했던 이완용, 이근택, 이지용, 권중현, 박제순은 나라를 팔아먹은 다섯 명의 도적이라 해서 '을사오적*'이라 부릅니다.

"선생님은 그때 뭐하셨어요?"
"나는 그때 공부하던 학생이었단다. 그 사실을 알고 나는 결심했지. 이 원수는 꼭 갚아 주겠다고……."
"그래서 이완용의 집에 불을 지르셨어요?"

---

* 을사오적 : 이완용(1858~1920)을 비롯하여 박제순(1858~1919), 이근택(1865~1919), 권중현(1854~1934), 이지용(1870~?)은 구 한말의 고급 관리들로 1905년 을사보호조약에 찬성한 인물들입니다. 그들은 조선총독부 중추원과 조선사편수회의 고문을 맡는 등, 국권을 빼앗긴 후에도 부귀영화를 누렸으나 '을사오적'이라는 명예롭지 못한 이름을 자손 만대에 남기게 되었습니다.

이완용　　이근택　　이지용　　박제순　　권중현

치영이가 두 주먹을 불끈 쥐며 물었습니다.

"그랬지. 불을 지르면 이완용 같은 일본의 앞잡이들이 모두 놀라 조심할 게 아니겠니? 국민들이 나라를 팔아먹는 역적 놈들을 가만히 두지 않는다는 것을 보여 주는 행동이었지."

"그래서 어떻게 되었어요?"

"이완용의 집은 다 탔는데 불행하게도 그 놈은 살아서 도망치고 말았단다."

"에이, 아깝다."

"그때 실패한 선생님의 동지들은 다음 기회를 노리기로 했지. 이완용은 그 뒤로도 자신의 죄를 뉘우치지 않은 채 친일을 했단다. 온 국민들은 모두 이완용을 미워했지만 그 자는 뻔뻔하게도 내각의 총리대신까지 되었지."

"음, 그럴 수가……."

치영이와 동숙이는 분해서 이를 뽀드득 갈았습니다.

"그때 종로의 천주교 성당에서 거행된 벨기에 황제 추도식에 이완용이 참가한다는 걸 우리가 알았단다. 우리 동지

이재명*이 기회를 봐서 그 역적 놈의 어깨, 허리, 배 등 세 곳을 칼로 찔렀단다. 그 칼은 내가 구해 준 것이었지. 그때가 1909년이니까 10년 전이구나."

"이완용은 그때 죽었나요?"

"아니란다. 약 두 달 동안 입원하고 치료받아 회복되었지."

"이재명이라는 사람은요?"

"이재명 동지는 붙잡혀 교수형에 처해졌다."

선생님은 이때 눈물을 흘렸습니다. 치영이와 동숙이의 눈에도 눈물이 글썽거렸습니다.

"나머지 거사를 같이 준비했던 사람들도 대부분 붙잡혀 11명이 5년에서 15년의 형을 받고 옥살이를 하게 되었단다."

* 이재명(1890~1910) : 사형이 확정되는 순간까지도 "왜법이 불공평하여 나의 생명을 빼앗기기는 하나 나의 충혼을 빼앗지는 못할 것"이라며 재판장을 꾸짖었다고 하는 이재명은 친일파 이완용을 피격해서 중상을 입힌 인물입니다. 그는 비록 이완용을 죽이는 데는 실패했지만 이 이 사건으로 친일파들을 두려움에 떨게 했습니다.

"선생님은요?"

"나는 운좋게 도망쳐서 이렇게 신분을 숨기고 너희들을 가르쳤는데, 이제 그것도 못할 것 같다."

"우리나라는 그때 순순히 일본의 식민지가 되었나요?"

"아니란다. 그렇게 을사보호조약이 체결된 뒤 황제는 그것이 무효라는 점을 세계 각국에 알리려고 노력을 많이 했단다."

대한제국은 1907년, 헤이그에서 열린 만국평화회의*에 비밀리에 세 사람의 사신을 파견했습니다. 그들은 이상설, 이준, 이위종*이었습니다. 그러나 그 회의는 남의 나라를 힘으로 빼앗은 서구 제국주의 국가들의 잔치였습니다. 힘없는

---

* 만국평화회의 : 국제 평화 유지 문제를 논의하기 위해 1899년과 1907년 네덜란드 헤이그에서 열린 국제회의
* 이상설(1871~1917), 이위종(1887~?), 이준(1859~1907) : 이준, 이위종, 이상설은 1907년 만국평화회의에 참석하라는 고종의 특명으로 네덜란드 헤이그로 파견되었지만, 외교권이 없다는 이유로 참가를 거부당합니다. 이에 특사들은 기자협회에서 조선 광복의 정당성을 연설함으로써 각국 대표와 언론인들에게 감동을 주었습니다.

우리나라 사신을 제대로 받아줄 리 없었습니다. 게다가 일본이나 영국 등이 우리 사신들의 발언 기회를 사사건건 방해해 아무런 효과도 거두지 못했습니다. 이를 분통히 여긴 이준 열사는 피부가 썩어드는 병에 걸려 죽고 말았습니다. 그렇지만 국내에는 배를 가르고 자결해 버렸다고 알려졌습니다. 이를 안 일제는 고종 황제를 왕좌에서 끌어내리고 그의 아들 순종을 왕위에 올린 뒤 우리나라를 식민지로 만드는 작업을 더욱 더 빠르게 진행시켰습니다.

그러다 1910년 8월 22일 드디어 '대한제국 황제는 대한제국 전부에 관한 일체의 통치권을 완전히 그리고 영구히 일본 천황에게 준다.'는 내용의 한일합병늑약이 총리대신 이완용과 일본 통감 사이에서 맺어졌습니다.

"그랬군요."
"이완용이란 자는 정말 나쁜 자로군요."
선생님은 옛이야기를 마치자 잠시 말이 없었습니다.
"선생님은 이제 어디로 가시게요?"
치영이가 물었습니다.

"만주로 가서 선생님이 직접 총칼을 들고 일본놈들과 싸워 그 놈들을 이 땅에서 몰아내련다."

"……."

치영이와 동숙이는 아무 말도 하지 못했습니다.

"자, 이제 너희들은 내려가라."

선생님은 이야기를 마치고 자리에 누웠습니다. 오랫동안 햇빛을 보지 못해서인지 선생님의 얼굴은 창백했습니다.

"선생님 같은 분이 많으면 우리나라가 빨리 독립할 수 있을 텐데……."

"글쎄 말야."

동숙이와 치영이는 이야기를 나누며 산을 내려왔습니다. 그러나 두 아이는 큰 소나무 뒤에서 누군가가 그들을 숨어서 지켜보던 것을 알지 못했습니다. 봄의 해가 고운 빛으로 물들며 서산을 넘어가고 있었습니다.

발각된 선생님

"문이노 열어라!"

"빨리 문 안 열면 부수겠다."

아직 해도 뜨지 않은 새벽이었습니다. 치영이네 집 대문을 누군가가 마구 발로 차고 있었습니다.

"거 누구요?"

"빨리 문 못 열겠나?"

치영이의 아버지가 내다보니 문 밖에는 주재소 소장이 총을 든 순사 두어 명과 함께 와 있었습니다. 치영이의 아버지는 겁이 덜컥 났습니다. 담임 선생님을 숨겨준 것이 발각된 거라고 생각했습니다.

"무슨 일이시오? 이 꼭두새벽에……."

치영이의 아버지는 큰소리로 꾸물대는 척하면서 두려움에 떨고 있는 치영이에게 조용히 말했습니다.

"치영아, 어서 가서 선생님을 피신시켜 드려라."

치영이는 벌벌 떨었지만 아버지의 용기 있는 얼굴을 보고 힘을 냈습니다.

"네, 아버지."

치영이는 창문 밖으로 소리 없이 나가 뒤뜰 흙바닥에 엎드렸습니다.

"빨랑빨랑 안 열고 뭐하나? 이 바보 녀석!"

밖의 순사들은 이제 대문을 부술 듯이 발로 차고 있었습니다.

"나, 나갑니다요."

아버지가 옷을 주워 입는 것처럼 일부러 꾸물거리며 나가는 동안 치영이는 뒤뜰의 싸리 울타리를 뚫고 살금살금 기어 나갔습니다. 가슴이 쿵쾅거려 치영이는 숨이 마구 막혔습니다.

"아니, 이 새벽에 웬 일로······."

치영이의 아버지는 굼뜨게 걸어가서 문을 열었습니다.

"이 바보 녀석! 빨리 문 열라니까 그래!"

문을 열자 순사들은 신을 신은 채로 집 안으로 뛰어 들어왔습니다.

"에그머니!"

치영이의 어머니가 비명을 질렀습니다.

"너희들이 김두호 숨겨 줬지?"

"예? 김두호가 누군데요?"

"거짓말 마라! 너희들이 김두호를 숨겼다는 걸 본 아이들이 있단 말이다!"

"아닌 밤중에 홍두깨라고 무슨 영문인지 모르겠습니다."

"어허, 이거 혼 좀 나야겠군. 이봐라, 이 집 꼬마가 어디 있나 샅샅이 뒤져 봐라!"

"하이!"

순사들은 안방, 건넌방을 다 뒤지고 다락과 장독대까지 뒤졌습니다.

"아무 데도 없습니다."

"우리 애는 어제 저희 외할머니 댁에 갔어요."

치영이의 아버지가 거짓말로 둘러댔습니다.

"뭐라고? 지금 거짓말하는 겐가?"

"정말입니다."

"네 아들놈이 어제까지 이 집에 있었다는 걸 다 안단 말이다."

소장은 큰소리를 쳤습니다. 대문 밖에는 일본 순사의 앞잡이인 재필이의 아버지가 교활한 눈으로 마당 안을 지켜보고 있었습니다.

"집 주위를 뒤져 봐라. 어디 숨었을지도 모른다."

"예."

순사들은 집 주위를 돌아보며 치영이를 찾았습니다. 그러나 그때 치영이는 뒷산 중턱을 기어올라가고 있었습니다. 신발이 벗겨져도 몰랐습니다. 나뭇가지에 얼굴을 긁혀도 전혀 아프지 않았습니다.

"앗, 소장님! 저기 꼬마가 갑니다."

한 순사가 치영이를 발견하고 소리쳤습니다.

"무엇이? 빨리 추격해라!"

치영이의 아버지는 눈을 감았습니다. 마음속으로는 치영이가 무사하기를 빌었습니다. 또한 김두호 선생님도 잡히지 않길 바랐습니다.

"빨리 쫓아가서 저 놈을 잡아 와라!"

순사들은 산을 기어오르기 시작했습니다. 그렇지만 산에 살다시피 해 다람쥐처럼 빠른 치영이를 따라가기가 쉽지는 않았습니다.

"헉헉! 저 놈이 어디로 내빼는 게냐?"

"아이고, 힘들다!"

치영이와 일본 헌병과의 거리는 좀처럼 좁혀지지 않았습니다.

"에잇, 안 되겠다."

소장은 허리에서 권총을 꺼내 들었습니다.

"서라! 안 서면 쏜다!"

"탕!"

소장은 하늘을 향해 총을 쏘았습니다. 이 총소리는 온 동네를 뒤흔들었습니다. 동네 사람들이 모두 놀라 잠에서 다 깨어났습니다.

"아이고! 치영아!"

어머니는 치영이가 총에 맞는 줄 알고 기절해 버렸습니다. 총소리가 뒤에서 들리자 갑자기 얼어붙은 듯 치영이는 멈춰 섰습니다. 이제라도 총알이 날아와 자기를 맞힐 것만 같았습니다. 그렇지만 마음속에서는 또 다른 치영이가 힘차게 말하는 것이었습니다.

"치영아. 어서 가! 선생님이 위험하셔. 선생님을 어서 피신시켜 드려야 해."

치영이는 다시 뛰기 시작했습니다. 저만치에 찔레 숲이 보였습니다.

"선생님, 순사예요. 어서 도망가세요!"

치영이는 목이 터져라 외쳤습니다. 그러나 선생님은 대답이 없었습니다.

"선생님, 잡으러 와요. 어서 도망가시라구요."

찔레 숲까지 숨이 턱에 차서 달려 온 치영이는 가시에 찔리며 선생님을 불렀습니다.

"선생님, 어서요!"

찔레 가지를 들추고 보니 동굴 안에는 아무도 없었습니다.

"요놈. 요 생쥐 같은 놈!"

치영이가 놀라 주저앉아 있는 틈을 타 뒤따라 온 순사들이 치영이의 목을 낚아챘습니다.

"요 녀석이 어딜 도망가려고……."

순사는 치영이의 뺨을 사정없이 철썩철썩 갈겼습니다. 눈에서 불똥이 튀도록 아팠지만 치영이는 울지 않았습니다.

"이곳에 놈이 숨었다 도망간 것 같습니다."

순사 하나가 굴 안을 조사하고 나와서 보고했습니다.
"음, 쥐새끼 같은 녀석들……."
순사는 이를 갈더니 명령했습니다.
"어서 근처를 수색하라! 멀리 가지는 못했을 거다."
순사들은 흩어져서 사방을 샅샅이 뒤지기 시작했습니다.
"아! 여기 발자국이 있습니다."
"어디냐?"

이제 막 떠오르는 햇빛에 동굴 뒤로 넘어간 선생님의 발자국이 보였습니다.

"추격하라!"

순사들은 우르르 달려갔습니다. 그날 아침, 치영이와 아버지는 읍내 주재소로 끌려갔습니다.

"이 나쁜 놈들. 너희들은 당장 총살이다, 총살!"

순사들은 치영이와 아버지를 끌고 가면서 쿡쿡 쥐어박고 욕을 했습니다. 읍내의 주재소에 가니 옆집 사는 동숙이와 동숙이 아버지도 잡혀 와 있었습니다.

"동숙아!"

"어머, 치영아!"

동숙이의 얼굴은 한없이 울어서 퉁퉁 부어 있었습니다.

"아저씨, 동숙이는 죄 없어요. 놔주세요."

치영이는 간곡하게 말했습니다.

"시끄럽다. 죄가 있는지 없는지는 조사하면 다 안다."

순사는 거만하게 노려보며 말했습니다.

"자, 너부터 이리 와라!"

순사는 치영이의 아버지부터 어딘가로 끌고 갔습니다.

아버지는 당당하게 걸어갔습니다.

"아버지!"

"걱정 마라. 아버지는 괜찮을 게다."

끌려가면서도 아버지는 미소를 잃지 않았습니다. 아버지가 긴 복도를 지나 눈앞에서 사라진 뒤 얼마 안 있어 끔찍한 비명 소리가 들려 오기 시작했습니다.

"으아아아아!"

"바른 대로 못 댄단 말이지? 앙? 네놈이 김두호를 숨긴 건, 같이 만세를 부르기 위해서였지?"

"모르오! 난 그런 일 없소!"

"이 놈이 정말 그래도……."

"으아아악!"

치영이와 동숙이는 비명 소리에 귀를 막았습니다.

그날 오후, 치영이와 동숙이는 주재소로 들어오는 한 무리의 순사들을 보았습니다.

"어서 들어가라!"

그들이 끌고 오는 사람은 놀랍게도 치영이와 동숙이가 숨겨 드렸던 김두호 선생님이었습니다.

"선생님!"

선생님은 이미 순사들에게 얻어맞았는지 얼굴 여기저기가 부어 있고 옷도 마구 찢겨 있었습니다.

"너희들이구나!"

선생님은 힘없이 웃어 보였습니다.

"소장님, 김두호를 잡아 왔습니다!"

"오, 그래?"

소장은 치영이의 아버지를 괴롭히다 나와서 크게 웃었습니다.

"하하하하! 네놈이 감히 우리 대 일본 제국에 대항해 만세를 부르게 한 작자란 말이냐? 어디 혼 좀 나 봐라!"

소장은 선생님의 턱을 지휘봉으로 받쳐 들고 비웃었습니다. 선생님은 날카로운 눈으로 소장을 쏘아보았습니다.

"너희 조선은 독립할 수 없는 나라야. 이것 보라구. 네놈 숨은 곳을 일러바친 자도 조선놈이었단 말이다."

소장은 곁에 있던 재필이 아버지 김익부를 가리키며 말했습니다. 분명히 재필이 아버지가 밀고한 게 틀림없었습니다.

"자, 이 자를 독방에 처넣어라. 이따 직접 심문하겠다."

선생님은 그렇게 끌려갔습니다.

"아이들은 이번만은 용서하겠소. 그 대신 어른들은 자식을 잘못 키운 죄로 혼 좀 나야 할 게요."

"예, 예. 죽을 죄를 지었습니다. 한 번만 용서해 주십시오."

벌벌 떨던 동숙이의 아버지가 고개를 굽신굽신 조아렸습니다.

"김두호를 잡았으니까 이번에는 너희들을 특별히 방면해 준다. 하지만 앞으로 우리들이 너희를 감시할 것이니 행동에 각별히 주의해라. 또다시 반역자를 숨겨 준다든가 하면 용서치 않겠다."

그렇게 해서 치영이와 동숙이는 주재소에서 풀려 나왔습니다.

"가만 두지 않겠어."

치영이는 이를 악물었습니다. 동숙이는 울기만 했습니다.

"우리 아빠 어떡해? 나 땜에 혼나실 거야."

치영이는 두 주먹을 굳게 쥐고 묵묵히 집으로 돌아왔습니다. 새로 난 큰길에서는 학교 가는 아이들이 집으로 가는 동숙이와 치영이를 이상한 눈초리로 쳐다봤습니다.

부자인 동숙이 아버지는 돈을 바치고 다음 날 주재소에서 풀려났습니다. 그러나 치영이의 아버지는 김두호 선생님을 숨겨 준 죄인이라고 해서 계속 붙잡혀 있었습니다. 주재소에 면회를 다녀온 어머니께서 우는 걸 보니 쉽게 풀려날 것 같지는 않았습니다. 치영이는 학교에서 모든 아이들에게 따돌림을 받았습니다. 동숙이마저도 아버지가 치영이와 같이 놀지 말라고 해서 만날 수 없었습니다. 그렇지만 치영이는 하나도 겁나지 않았습니다. 우리나라가 독립되기만 하면 그런 건 아무래도 좋다고 생각했습니다.

그러던 어느 날 아침 조회 시간이었습니다. 재필이와 승덕이가 교장 선생님에게 불려 나가 상을 받았습니다. 황국신민*으로서 자랑스럽게도 반역자를 고발했다고 칭찬을 받는 것이었습니다.

"쟤네들 무슨 일로 상 받는 거니?"

---
* 황국신민 : 일본 천황의 신하된 백성. 조선 민족의 뿌리를 부정하려는 의도가 담긴 말

전교생이 박수를 치는 동안 치영이가 옆의 아이에게 물었습니다.

"쟤들이 김두호 선생님 숨어 계신 걸 고발했대."

치영이는 깜짝 놀랐습니다. 그 아이들이 어떻게 선생님이 숨어 있는 곳과 그 사실을 알았는지 궁금했습니다. 만일 그 아이들이 정말 선생님이 숨어 계신 곳을 알고 치영이네 집을 밀고한 거라면 가만히 있을 수 없는 일이었습니다. 치영이는 수업이 끝나기를 기다렸습니다.

"자, 청소 당번은 열심히 청소하고 나머지 학생들은 집으로 돌아가도 좋다."

김두호 선생님 대신 담임이 되신, 별명이 문어인 대머리 선생님이 종례를 끝내셨습니다.

"차렷! 경례!"

반장의 구령에 따라 인사를 마치자마자 치영이는 맨 먼저 교실 밖으로 달려나갔습니다. 교문을 지나 집으로 가는 길의 산모퉁이에서 재필이와 승덕이를 기다렸습니다. 잠시 뒤 저만치에 아이들이 삼삼오오 몰려오는 모습이 보였습니다. 재필이와 승덕이도 떠들며 그 안에 섞여 오고 있었습니다.

"야, 재필이하고 승덕이, 나 좀 보자."

치영이는 길 한가운데를 막아섰습니다. 재필이와 승덕이는 깜짝 놀랐습니다. 그러나 상대가 오로지 치영이 하나뿐이라는 사실을 알고는 안심한 듯 피식 웃었습니다.

"오냐. 무슨 일이냐?"

"너희들이 선생님께서 숨어 계신다는 걸 이르고 상을 받았다며?"

"그래. 네가 산에서 내려오길래 어딘가에 선생님을 숨겼을 줄 알았다."

"우리가 상 받아서 너 배 아프냐?"

재필이와 승덕이는 빙글빙글 웃으며 말했습니다.

"우리나라의 독립을 위해 싸우신 선생님을 너희들이 일러바칠 수가 있는 거니?"

"어쭈? 여기 독립투사 또 한 사람 나셨네."

"저 자식도 교장 선생님한테 이르자."

두 녀석은 수군거렸습니다. 같이 오던 아이들은 겁에 질려 웅성거리고만 있었습니다.

"비겁한 자식들, 너희 같은 놈들 때문에……."

"오냐. 우리 같은 놈들 때문에 만세를 못 불렀다 이거냐?"

재필이가 나서서 깐죽거렸습니다.

"너는 더러운 일본놈 앞잡이의 아들이야."

이 말을 들은 재필이는 얼굴이 빨개졌습니다.

"너, 말 다했어?"

아무리 아버지가 일본 순사 앞잡이었지만 재필이도 그 말만은 듣기 싫었나 봅니다. 재필이가 먼저 책보를 멘 채로 치영이에게 달려들었습니다.

"에잇!"

"아!"

두 아이는 땅바닥에서 뒹굴며 싸웠습니다. 흙먼지가 일어났습니다. 재필이는 잘 먹어서 키도 크고 덩치도 좋았지만 늘 산을 타고 다녀서 딴딴한 근육을 가진 치영이보다 힘이 세지는 못했습니다. 치영이가 목을 꽉 조르자 이내 재필이는 숨이 막혔습니다.

"캑캑!"

그래도 치영이는 놔주지 않았습니다. 재필이를 깔고 올

라타서 계속 힘을 주었습니다.

"너는 나쁜 녀석이야. 선생님을 이르기나 하는 밀고자……."

그때였습니다. 덩치 큰 승덕이가 뒤에서 발로 치영이의 등을 걷어찼습니다. 치영이는 옆으로 나가 떨어졌다가 벌떡 일어나서 이번에는 승덕이에게 달려들었습니다.

"너도 마찬가지야, 임마."

"이 녀석이……."

세 아이는 그때부터 땅바닥을 뒹굴며 치고 받았습니다. 그렇지만 아무리 날쌘 치영이라도 둘을 한꺼번에 상대한다는 건 무리였습니다. 소나기처럼 쏟아지는 두 아이의 주먹에 쓰러지고 말았습니다.

"짜식, 까불고 있어."

"너, 다시 한번 덤비면 혼날 줄 알아! 야, 가자!"

두 아이는 피투성이가 된 치영이를 놔두고 가버렸습니다. 치영이는 분을 참지 못해 울었습니다.

"<u>으흐흐흑!</u>"

한참을 그렇게 울고 있는데 누군가 곁에서 말하는 것이

었습니다.

"치영아, 울지 말고 일어나!"

고개를 들어 보니 동숙이었습니다.

"나, 아까 오다가 다 봤어. 저 애들 정말 나쁜 녀석들이야."

치영이는 옷을 털고 일어났습니다.

"너희 아버지가 나랑 놀지 말랬는데……."

"그래도 나는 네 친구잖아."

두 아이는 오랜만에 같이 걸어왔습니다.

"선생님은 아직도 조사 받고 계신가 봐."

"글쎄 말야. 어떡하니? 그리고 니네 아버지 아직도 안 나오셨지?"

치영이의 아버지는 조사를 받는다고 아직도 나오지 못하고 있었습니다. 만세 사건의 주동자로 몰려서 일본 순사들이 매일 고문을 했습니다. 그렇지만 치영이의 아버지는 선생님을 숨겨 준 적이 없다고 말했습니다. 선생님도 치영이 아버지를 만난 적도 없다고 계속 버텼습니다. 그래서 두 사람은 매일 고문을 당하느라 심한 고통을 받고 있었습니다.

"나는 정말 학교 가기가 싫어."

치영이가 말했습니다.

"학교에 가 봐야, 만날 조센징이라고 일본 선생님들이 깔보기나 하지, 순사들은 우리 조선 사람들만 괴롭히지."

"나도 그래. 하지만 우리는 지금 힘이 없잖아."

"우리 아빠가 그러시는데 어서 커서 힘을 길러 우리가 일본 사람들을 쫓아내야 한대."

"어떻게?"

"힘으로 밀어내야 한대. 힘이 없어서 우리가 당한 거니까."

"그래."

두 아이는 말없이 발걸음만 옮겼습니다.

"난 꼭 이 다음에 커서 힘을 기르면 독립운동을 하겠어."

며칠간의 고통이 치영이를 어른스럽게 만들었습니다.

"나도 그럴 거야."

동숙이도 다짐했습니다.

그로부터 며칠 뒤, 읍내 주재소에서 연락이 왔습니다. 다음날 치영이 아버지를 석방한다는 겁니다. 아무리 고문을 해도 치영이 아버지가 자백을 하지 않자 증거가 없어 풀어 주게 된 것입니다. 다음 날 아침 치영이 어머니와 치영이는 주재소 앞에 가서 기다렸습니다. 하루 종일 기다려도 나오지 않던 아버지는 해가 기울 무렵에야 초췌한 모습으로 주재소 앞에 나타났습니다.

"아버지!"

"아이고! 치영 아버지!"

치영이와 어머니는 달려가 아버지의 몸을 부축했습니다. 아버지는 쓰러질 듯 비틀거리며 걸어왔습니다. 아버지는 홀쭉하게 살이 빠져 있었습니다. 일본 순사들의 모진 고문에 몸 구석구석은 멍투성이었습니다. 여기저기 상처에서는 피가 흘렀고 딱지가 시커멓게 앉아 흉측했습니다.

"아이고, 여보. 그래, 얼마나 고생이 많으셨어요."

"난 괜찮아!"

치영이와 치영이 어머니는 아버지를 부축하고 집으로 돌아왔습니다. 아직 쌀쌀한 바람이 불었지만 치영이와 치영이 어머니는 온몸에 땀이 흘렀습니다.

집에 돌아온 뒤로도 아버지는 한참을 고생했습니다. 치영이는 학교에 가서도 집에 누워 계시는 아버지 생각을 했습니다. 아버지는 어떻게 고문을 당했는지 아직도 잘 일어나지 못했습니다. 비가 오려고 하면 온몸이 쑤시고 저린다고 했습니다. 자고 일어나면 이부자리가 온통 식은땀 투성이었습니다.

"자, 빨리 가자."
순사들은 삼엄하게 경계를 하며 김두호 선생님을 트럭에 태웠습니다. 이제 모든 조사를 끝내고 경성으로 김 선생님을 압송하려는 것이었습니다.
김 선생님의 몰골도 치영이의 아버지와 비슷했습니다. 옷은 찢겨지고 얼굴은 온통 멍이 들고 피투성이었습니다.
"아마 너는 경성에 가면 교수형일 게다. 흐흐흐!"
주재소 소장은 교활한 웃음을 지었습니다.
"자, 출발!"
군용 트럭은 털털거리며 출발했습니다. 김 선생님은 트럭 안에서 이리저리 흔들리며 혼미한 정신을 차리려고 애쓰고 있었습니다. 트럭은 산길로 접어들어 한참 동안 북으로 올라갔습니다.

김두호 선생님은 입 속으로 조용히 창가*를 읊조렸습니다.

이천 만 동포들아 일어나거라
일어나서 총을 들고 칼을 잡으라
잃었던 내 조국과 너의 자유를
원수의 손 안에서 피로 찾도록

노소를 생각 말고 남자나 여자나
어린아이까지도 일어나거라
조선 산천 우로* 받은 초목까지도
무덤 속에 누워 있는 혼령까지도

끓는 피로 청산을 고루 적시고
향토의 강물을 붉게 하여라
군국의 큰 원수를 다 물리치고
자유의 종소리 울릴 때까지

---

* 창가 : 개화기 때, 서양식 가락에 근대적인 내용과 독립에 대한 소망을 가사로 표현한 노래
* 우로 : 비와 이슬

"닥쳐라! 뭐라고 흥얼거리느냐?"

같이 타고 가던 순사가 험상궂은 얼굴로 물었습니다.

"후후, 이 노래를 모른단 말이더냐? 이 노래는 만세를 부를 때 우리 조선 사람들이 부르던 〈광복가〉다. 예로부터 우리 조선인들은 기쁠 때나 슬플 때 노래를 불렀다."

"듣기 싫으니 부르지 마라."

"싫어도 나는 부를 테다. 너희가 우리나라를 식민지로 삼은 것을 우리도 싫어하지만 너희는 물러가지 않고 있지 않느냐!"

김 선생님은 다른 노래를 부르기 시작했습니다.

"학도야 학도야 청년 학도야……."

"이 바보 녀석!"

순사가 그 순간 참다못해 몽둥이로 김 선생님의 등을 사정없이 후려 갈겼습니다.

김 선생님은 옆으로 쓰러졌습니다. 그렇게 트럭은 한참을 달려갔습니다. 온 산천은 완연한 봄기운으로 가득했습니다. 그렇지만 김두호 선생님이 가야 할 감옥은 차가운 곳입니다. 김두호 선생님은 죽을 각오를 하고 있었습니다. 나라를 위해 죽는 것이니 절대로 후회는 없습니다. 다만 살아서 독립을 보지 못한다는 것이 아쉬울 뿐이었습니다.

그때 산길을 돌자 트럭이 갑자기 크게 흔들리더니 바퀴가 큰 소리를 내며 터졌습니다.

"이게 뭐냐?"

"바퀴가 터졌나 봅니다."

"빨리 내려가 봐라."

운전하는 순사가 내려가 살펴보니 과연 트럭의 바퀴가 납작해져 있었습니다.

"바퀴가 터졌습니다! 못이 마구 박혀 있습니다."

"에잉! 이런 일이……."

소장은 못마땅한 얼굴이었습니다.

"수리하는 데 얼마나 걸리나?"

"한 시간은 걸릴 것 같습니다."

"빨리 고쳐라!"

산길에는 지나다니는 사람도 없었습니다. 이름 모를 산새만 지저귀고 있었습니다.

순사들은 모두 차에서 내려 오줌을 누거나 쉬면서 담배

를 피웠습니다. 그동안 운전하던 순사가 바퀴를 바꾸려고 차 밑으로 들어갔습니다. 그때였습니다. 숲 속에서 몇 명의 복면 쓴 사람들이 나타났습니다. 손에는 굵은 참나무 몽둥이가 하나씩 들려 있었습니다.

"퍽! 퍽!"

그들은 번개같이 달려들어 오줌 누는 순사와 바퀴를 손보는 순사를 단번에 때려 눕혔습니다.

"무, 무슨 일이야?"

저만치에서 하늘을 바라보며 담배를 피우던 소장이 이상한 낌새를 알아차리고 뒤를 돌아보는 순간 건장한 청년 두 사람이 달려들어 그의 팔다리를 꽉 잡았습니다.

"우리는 의혈단원이다."

청년들 가운데 한 사람이 말했습니다.

"이, 이게 무슨 짓이냐? 우리 대일본제국 순사들에게……."

"김두호 동지를 구출하려고 기다리고 있었다."

다른 청년은 차에 올라가 김두호 선생님의 수갑을 풀고 부축해 끌어 내렸습니다.

"그럼 이 차 바퀴의 바람이 빠진 것도……."

"그렇다. 우리가 다 준비하고 기다리고 있었다."

"음!"

김두호 선생님은 비틀거리는 몸을 끌고 숲 속으로 이끌려 들어갔습니다.

"우리는 조선이 독립되는 그날까지 싸우는 사람들이다. 너희들은 언제고 이 땅에서 물러나야 할 것이다."

그사이에 나머지 사람들은 쓰러져 있는 순사들을 길가 나뭇가지에 묶었습니다.

"자, 차를 불질러라!"

한 사람이 자동차의 연료통을 열더니 그 안에서 기름을 받아 걸레에 묻혀 차에 불을 질렀습니다. 차에는 금세 불이 붙었습니다.

"이 차의 불처럼 우리의 독립을 향한 마음은 언제나 활활 타오를 것이다."

소장은 소나무에 꽁꽁 묶인 채로 이를 갈며 자기들의 트럭이 폭발하며 타는 것을 구경만 해야 했습니다. 의혈단원들은 소리 없이 숲 속으로 사라졌습니다.

아버지의 유언

세월이 많이 흘렀습니다. 그래도 자연은 그대로였습니다. 봄이 오면 먼 산에 아지랑이가 피어올랐고, 여름에는 온 들판에 매미 소리가 가득했습니다. 가을에는 낙엽이 지면서 들판에 추수 소리가 흥겨웠고, 겨울에는 온 천지가 하얗게 눈으로 뒤덮였습니다.

이번 가을에도 들판은 누렇게 익어 갔습니다. 높다란 하늘 아래 서늘한 가을 바람이 불었고, 들판의 벼는 누렇게 익어 고개를 숙이고 추수될 날을 기다리고 있었습니다. 수확이 빠른 논은 벌써 사람들이 들어가 벼를 베고 있었습니다.

풍년이 왔네.

풍년이 왔네.

금수강산에 풍년이 왔네.

춘삼월은 화류놀이

하사월은 관등놀이

구시월은 단풍놀이

동지섣달은 설경놀이

지화자 좋다

얼시구 좋다

명년 춘삼월이라

화류놀이를 가세

"자, 이제 쉬었다 하세."

풍년가를 부르던 농부가 말하자 벼를 베던 사람들은 허리를 펴고 모두 논두렁으로 나왔습니다.

그 가운데에는 건장한 청년이 한 명 있었습니다. 다른 농부들이 담배를 피울 동안 그 청년은 나무 밑에 가서 쉬었습니다. 다름 아닌 치영이었습니다. 어느새 치영은 키도 크고 건장한 청년이 되어 있었던 것입니다.

소학교를 졸업하고 가난한 형편이라 치영은 중학교에 갈 수가 없었습니다. 아니 못 갔습니다. 아버지는 가난해도 공부만은 꼭 시킬 사람이었지만 일찍 세상을 떠났기 때문에 치영이가 중학교에 가지 못했던 것입니다.

치영은 하늘을 올려다보며 돌아가신 아버지를 생각했습니다. 아버지는 김두호 선생님을 숨겨 주었다는 죄로 주재소에서 조사를 받고 풀려 나와 집에서 쉬다가 또 끌려갔습니다.

"어서 가자! 네놈과 김두호와의 관계를 캐고야 말겠다."

김두호 선생님을 놓치고 터덜터덜 걸어서 읍내로 돌아온 주재소 소장은 총을 든 순사들을 끌고 치영이네 집으로 와서 아버지를 체포해 갔습니다. 그들은 치영이 아버지를 주재소로 끌고 가자마자 취조실로 데리고 가 의자에 앉힌 뒤 묶었습니다. 너무 꽉 묶어서 손발에 피가 통하지 않을 지경이었습니다.

"네놈이 분명히 의혈단원과 내통하고 있지?"

"무, 무슨 말씀이시오?"

"네놈이 일러줘서 김두호가 도망갔단 말이다."

"나는 그런 일은 알지도 못하오."

"거짓말 마라. 의혈단원 놈들의 근거지가 어디냐? 어서 불어라."

"나는 지금까지 앓아 누웠던 사람이오. 무슨 일인지 영문이나 압시다."

"에잉, 저 녀석이 말로는 안 들을 모양이다. 저놈에게 맛 좀 보여 줘라."

옆에 섰던 순사 하나가 웃통을 벗어 던지고는 몽둥이로 치영이의 아버지를 두들기기 시작했습니다. 머리, 어깨, 등, 가슴, 배, 옆구리, 팔, 다리를 닥치는 대로 패는 것이었습니다.

"우아악! 아악!"

때릴 때마다 치영이의 아버지는 비명을 질렀습니다. 한참을 그렇게 맞던 아버지는 기절해 버렸습니다.

"물을 끼얹어라."

찬물이 부어지자 아버지는 정신을 차렸습니다. 그렇지만 간신히 아물었던 몸의 상처는 다시 터져 피가 흐르고 있었습니다. 아버지는 일주일간 독한 일본 순사들에게 모진 고문을 당했습니다.

그러나 아버지는 의혈단에 대해서는 정말 아는 바가 없었습니다. 실토하라고 하지만 실토할 게 없었던 것입니다. 그래서 더더욱 많은 고문을 당해야 했습니다. 어머니가 매일 주재소로 가서 울면서 면회를 요청했지만 그들은 들은 척도 하지 않았습니다. 그러다 아버지가 거의 죽게 되었습니다. 그제야 그들은 치영이 아버지를 풀어 주는 것이었습니다.

소가 끄는 수레에 실려 집으로 돌아온 아버지는 계속 정신을 잃은 채 깨어나지 못했습니다.

"아이고, 여보! 정신 좀 차리세요!"

"아버지 돌아가시면 안 돼요."

그렇지만 치영이 아버지는 기운을 차리지 못했습니다. 며칠간 앓다가 어느 날 조용히 숨을 거두고 말았습니다. 운명하기 바로 전에 아버지는 눈을 잠시 떴습니다.

"치, 치영아!"

"예, 아버지."

"나는 이대로 죽을 것 같다. 너는 부디 이 원수를 갚아 다오. 도적같은 왜놈들이 이 땅에서 물러가게 해 다오. 그리고 저 일본놈들의 앞잡이들도……."

그 말이 치영이 아버지의 마지막 말이었습니다.

"아버지!"

"여보!"

아버지가 숨을 거둔 뒤 치영이는 며칠 동안 밥도 먹지 않고 울었습니다. 치영이 어머니는 몇 번이나 기절했다 깨어났습니다. 치영이네 가족이 감당하기에는 너무나 큰 슬픔이었습니다. 가난한 치영이네는 동네 뒷산에 아버지를 묻었습니다. 장례 행렬도 초라했고 사람들도 많이 오지 않았습니다. 그때 치영이는 마음속으로 굳게 다짐했습니다.

'아버지, 아버지의 유언은 제가 꼭 지킬게요.'

"이 봐, 치영이! 일 하자구."

치영이 먼 산을 바라보고 아버지 생각을 할 때 농부들은 다시 일을 시작했습니다.

"예."

치영도 낫을 들고 논으로 들어갔습니다. 치영은 그렇게 농사꾼이 되었습니다. 농사를 천직으로 알고 살던 황소 같은 아버지의 뒤를 이어 치영은 열심히 일했고 어느새 건장한 청년이 된 것입니다.

그러나 마음 한가운데는 언제나 아버지의 마지막 말이 잊혀지지 않고 있었습니다.

'도적 같은 일본놈들이 이 땅에서 물러가게 해 다오. 그리고 저 일본놈들의 앞잡이들도…….'

일제는 이때 우리 조선의 식민지 농업 정책을 농민의 수탈에 두었습니다. 소작료도 무척 높았습니다. 게다가 개척단이라는 일본인들이 계속 들어와 땅을 차지하는 바람에 소작할 땅이 점점 줄어들었습니다.

갈수록 살기가 힘들어진 농민들은 차차 농사를 포기하고 유랑민이 되어 이곳저곳을 구걸하며 떠돌았습니다. 아니면 지주의 머슴으로 들어가기도 했습니다. 또 깊은 산에 들어가 나무를 베고 불을 질러 그곳에 농사를 짓는 화전민이 되기도 했습니다.

그나마 농촌에 남아 소작농으로 농사를 짓는다 해도 먹

고살기는 여전히 힘들었습니다. 논에서 나는 쌀이 열 가마라면 가만히 앉아서 놀고먹는 지주가 다섯 가마나 여섯 가마를 가지고 갔습니다. 그나마도 지주들은 그러한 소작권을 한 사람에게 오래 주는 것이 아니고, 이 사람 저 사람에게 나눠주는 바람에 소작농들은 불리한 조건도 감수하면서 착취를 당해야 했습니다. 그러니 소작료는 매년 지주가 요구하는 대로 늘어갈 수밖에 없었습니다.

그날 밤, 마을의 어느 집 사랑방에 사람들이 모여들었습니다. 낮에 논에서 벼를 베던 사람들이 대부분이었습니다. 치영도 그 가운데 있었습니다.

"자, 다들 모였으니까 얘기를 하겠습니다."

가장 나이가 많은 한 아저씨가 일어났습니다.

"우리 마을의 땅은 대부분이 지주 양성수의 땅입니다."

양성수는 치영과 소학교 시절 싸웠던 승덕의 아버지입니다. 그는 지금 더 많은 땅을 가지게 되었습니다. 마을 사람 대부분은 양성수의 땅을 부치는 소작인이었습니다. 그의 아들 승덕은 지금 일본에 유학을 가 있었습니다.

"지금 우리는 소작료도 소작료지만, 먹고살기 위해 빌린

고리대금*에다가 세금, 중간 착취로 견딜 수가 없습니다."

농부들은 묵묵히 그 이야기를 들었습니다.

"이대로 가다가는 우리가 지금 추수를 하지만 추수가 끝나면 소작료 내고, 세금 내고, 밀린 빚 갚으면 결국 또 빈손일 겁니다. 그러면 먹고살려고 장리쌀*을 꿔야 합니다. 그러다 보면 결국 우리는 내년에도 마찬가지로 죽을 수밖에 없다는 얘기가 됩니다."

"옳소!"

"이대로 우리가 지주에게 착취당하면서 그냥 주저 앉아 있을 수는 없어요."

여기저기서 동네 사람들이 주먹을 내지르며 박수를 쳤습니다.

"그럼, 내일 아침 일찍 양 지주의 집으로 가서 항의를 합시다."

"그렇소, 한 사람도 빠지지 말고 가서 항의합시다."

"우리가 단합한다면 이길 수 있소이다."

---

* 고리대금 : 돈을 빌려 주고 아주 비싼 이자를 받는 돈놀이

* 장리쌀 : 꾸어 주고 나중에 이자를 붙여 받는 쌀

사랑방에서 이렇게 농민들이 단합을 다짐할 때 검은 그림자가 방 밖에서 이 내용을 남김없이 엿듣고 있었습니다. 그림자는 한참을 그러고 있다 소리 없이 빠져나가 읍내 쪽으로 달려갔습니다.

"소장님! 소장님!"

곧장 달려가 주재소의 소장인 데라우치의 집 대문을 두드렸습니다.

"누구냐? 이 야밤에……."

"접니다, 이재필."

"아니, 네가 웬일이냐?"

"긴히 드릴 말씀이 있습니다."

재필은 아버지의 뒤를 이어 일본놈들의 앞잡이 노릇을 하고 있었습니다.

"자, 내일 아침 9시에 모두 양 지주의 집 앞에서 봅시다."

"한 사람도 빠지지 말고 나와야 해요."

이런 사정도 모르고 마을 사람들은 뿔뿔이 흩어져 집으로 돌아왔습니다. 치영도 쓸쓸히 집으로 걸어오는데 길목에 웬 여자가 달빛을 받으며 서 있었습니다.

"아니, 너는?"

"치영아!"

그를 기다리고 있던 것은 동숙이었습니다.

"언제 왔어?"

"오늘."

"그럼, 쉬지 않구?"

"가을 바람이 상큼해서 나와 봤어."

"그래, 반갑구나."

두 사람은 달빛을 받으며 들길을 걸었습니다. 동숙은 일본으로 유학을 가서 공부를 하다 무슨 일인지 잠시 돌아온 것입니다.

"그래. 일본은 어때?"

"그저 그렇지, 뭐."

"그래도 보고 들은 것은 많겠지."

"……"

동숙은 왠지 말이 없었습니다.

"나는 일본으로 돌아가고 싶지 않아."

"왜? 무슨 일 때문에?"

치영이 놀라 물었습니다.

"흑흑흑! 치영아, 나는 너무 무서워!"

동숙이는 그렇게 치영의 어깨에 기대어 한없이 울었습니다. 한참을 울던 동숙이 마음을 진정시키자 치영이 물었습니다.

"무슨 일이야?"

"간토 지진이 너무 무서워."

"간토 지진이라면……."

1923년 9월 1일 일본 간토 지방에는 진도 7의 커다란 지진이 발생했습니다. 진도 7이라면 건물들이 무너지는 정도의 큰 지진입니다. 세계에서 지진과 화산의 활동이 가장 활발한 환태평양 지진대에 속한 일본은 지진의 위험에 항상 처해 있는 나라였습니다.

이 지진으로 9만 9,000여 명이 죽었고, 4만 3,000여 명이 행방불명되었습니다. 일본의 중심지인 도쿄와 요코하마에 들이닥친 이 엄청난 지진으로 큰 화재가 발생해 사람들이 많이 타 죽었습니다. 이재민들은 당장 먹고 잘 곳이 없어서 추위에 떨어야 했습니다.

제1차 세계대전이 끝난 뒤 경제 대공황이 일어나 국가적으로 위기에 처한 일본 정치가들은 이때 교활하게도 잔꾀를 생각해 냈습니다. 지진으로 인한 피해로 일본 국민들이 화가 나 있자 일부러 조선인들이 폭동을 일으킨다고 헛소문을 퍼뜨린 것입니다. 그들은 이를 위해 소문을 퍼뜨리는 유언반, 지휘반, 실행반 등의 공작대를 조직했습니다. 그들은 곳곳을 다니며 불을 지르고 우물마다 독약을 탔습니다. 또한 사고를 당한 이재민들을 기습하면서 조선 사람인 척했습니다. 이 모든 일을 조선 사람이 한 것처럼 꾸민 것입니다.

"조센징들이 우리를 습격한다!"

"조선 사람들이 우물물에 독을 탔다."

"조선놈들을 죽여라!"

"그놈들 때문에 우리가 이렇게 죽을 고생을 한다!"

그때부터 일본 사람들은 있지도 않은 습격에서 스스로를 지킨다고 자경단을 조직해 조선 사람들을 무차별로 학살했습니다. 몇 명인지 정확히 알 수 없으나, 6,000여 명이 학살

되었다고 합니다.

"얼마나 무서웠는지 몰라."

동숙은 기억을 돌이키며 아직도 끔찍한지 고개를 저었습니다.

"그래, 이제 어쩔 거야?"

"일본으로는 돌아가지 않을 거야. 너무나 잔인한 사람들이야. 나도 몇 번이나 죽을 뻔했는지 몰라."

"이제 집으로 돌아왔으니까 안심해도 될 거야."

치영은 동숙을 집까지 데려다 주고는 집으로 돌아갔습니다. 잠자리에 누워도 치영은 동숙의 말이 생각났습니다. 불쌍하게 죽어간 동포들의 얼굴이 떠올라 잠을 잘 수가 없었습니다. 일본 사람들은 조선 사람들의 원수라는 생각을 떨쳐 버리지 못했습니다. 뿐만 아니라 하루라도 빨리 아버지의 유언대로 우리나라가 독립해야 한다는 것도 뼈저리게 느꼈습니다.

동숙의 예쁜 얼굴이 눈앞에서 사라지지 않아 치영은 잠을 설쳤습니다. 착한 동숙이 얼마나 고생했을까를 생각하니 안타까웠습니다.

치영, 독립군 되다

다음 날 아침 치영은 늦잠을 잤습니다.

'앗! 오늘 양 지주의 집에서 사람들을 만나기로 했는데…….'

치영은 부랴부랴 준비를 하고 달려갔습니다. 너무 빨리 달려서 주변 나무 숲과 들과 논이 모두 휙휙 번지는 수채화 같았습니다.

"악질 지주 양성수는 물러가라!"

"소작료를 대폭 인하하라!"

"소작권을 보장하라!"

사람들이 벌써 양성수의 집 대문 앞에 모여 소리를 지르고 있었습니다. 그러나 양 지주는 대문을 닫고 거들떠보지도 않았습니다.

"이거, 이상한데……."

"우리가 그토록 얘기를 하는데 왜 나와 보지 않을까요?"

"글쎄?"

그 이유는 곧 알 수 있었습니다.

"순사들이 온다!"

정말 저만치에서 순사들이 열을 지어 달려오는 것이 보였습니다. 이웃 주재소에서도 왔는지 순사들의 수는 무척 많았습니다. 그들은 모두 총을 들고 있었습니다.

"누가 주동자냐?"

"빨리 해산하라."

순사들을 끌고 온 주재소 소장 데라우치가 으름장을 놓았지만 사람들은 물러나지 않았습니다.

"안 되겠다. 주동자를 잡아라!"

그러자 그들은 사람들 사이를 헤치고 들어와 족집게로 집어내듯 주동자를 하나씩 잡아가기 시작했습니다.

"놔라! 놔!"

사람들은 잡혀가면서 반항을 했지만 총을 든 그들 앞에서는 소용이 없었습니다.

겁이 난 사람들은 슬금슬금 도망가기 시작했습니다. 그래도 일본 순사들은 쫓아와 사정없이 사람들을 두들기고 질질 끌고 갔습니다.

"이 조센징들!"

치영도 산길로 도망을 쳤습니다. 한참 길을 가는데 앞을 막아선 사람은 다름 아닌 재필이었습니다.

"아니, 너는?"

"후후후, 이리로 도망칠 줄 알았다."

재필은 순사 두어 명과 함께였습니다.

"순사 나리, 저자도 주동자입니다."

같은 반 친구였음에도 불구하고 재필은 치영을 고발했습니다.

"아니 너, 정말 이럴 수가……."

치영은 말을 다 마치기도 전에 일본 순사의 총으로 호되게 얼굴을 맞았습니다.

그렇게 해서 치영의 마을 사람들은 소작쟁의*를 일으켰다고 많이 잡혀가 조사를 받고 모진 고문을 당했습니다. 다행히 치영은 주동자가 아니라 곧 풀려났지만 잡혀 있던 일주일 동안 딴 사람이 되었습니다. 폭력으로 우리나라를 빼앗은 일제에 대항해 나라를 되찾는 길은 총과 칼로 무장해서 싸우는 길뿐이라는 것을 깨달은 것입니다.

'이대로 주저앉을 수는 없다. 이재필 같은 녀석들을 응징*해야 한다. 김두호 선생님도 이완용을 죽이려고 하시지 않았던가!'

들리는 소문에 의하면 김두호 선생님은 만주에서 독립군이 되었다고 합니다.

'나도 나가기만 하면 만주로 도망가야겠다. 그렇지만 갈 때 가더라도 우리 민족을 이토록 고생시키는 자들을 그냥 두고 갈 수는 없어.'

치영은 몰래 결심을 했습니다.

---

* 소작쟁의 : 소작 문제로 지주와 소작인 사이에서 일어나는 다툼
* 응징 : 잘못을 뉘우치도록 함

"변치영, 석방!"

치영은 일주일 만에 풀려날 수 있었습니다. 고문을 당하고 집에 돌아온 치영은 며칠 동안 누워서 몸조리를 한 뒤, 어느 날 밤, 길 떠날 준비를 하고 어머니께 갔습니다.

"어머니."

어머니는 이미 뭔가 짐작한 눈치였습니다.

"어머니, 이대로 일본놈들 밑에서 억압받으며 살 수는 없습니다."

"그러니 어쩌면 좋으니?"

"만주로 가겠습니다. 김두호 선생님이 그곳에서 독립운동을 펼치고 있다고 합니다."

"……."

어머니는 말이 없었습니다. 하나뿐인 아들이 죽음과 마찬가지인 힘든 길을 떠나기 때문입니다.

"어머니, 이제 떠나면 언제 돌아올지 모릅니다. 건강하시고 늘 몸조심 하세요. 광복의 그날 뵙겠습니다."

치영은 눈물을 흘리며 큰절을 올렸습니다.

"오냐, 몸조심하거라."

어머니는 놀랍게도 눈물을 흘리지 않았습니다. 치영의 앞날이 걱정되었지만 나라를 위해 싸우러 간다는 아들을 앞에 두고서 불길하게 울 수는 없다고 생각했던 겁니다. 치영은 그 길로 집을 나왔습니다.

"불이야! 불이야!"

그날 밤 읍내의 양 지주와 재필의 집에는 원인을 알 수 없는 불이 났습니다. 불은 삽시간에 번져 온 집안을 잿더미로 만들었습니다. 사람들이 뒤늦게 달려갔지만 아무도 불을 끌 수 없었습니다.

> 동숙아! 나는 떠난다. 이곳에서는 더 이상 살 수가 없게 되었다. 일본 제국주의자들을 하나도 남김없이 몰아내고, 우리 대한이 독립하는 그날 나는 돌아올 거야. 잘있어.
>
> 친구 치영

동숙은 다음 날 자신의 방안에 떨어져 있는 편지 한 통을 발견했습니다.

치영은 기차를 탔습니다. 경성을 거쳐 원산으로 가려는 것이었습니다. 경성은 역시 큰 도시다웠습니다. 치영이 살다 온 시골에서는 어쩌다 볼 수 있는 자동차들이 자주 눈에 띄었고 마치 시골 장날처럼 사람들도 많이 돌아다녔습니다.

'이런 곳에도 일본놈들이 판을 치고 있으니······.'

치영은 분한 마음에 역 광장에서 밖으로 나가지도 않았습니다. 원산까지 가는 경원선 기차를 탈 시간이 되기만을 기다렸습니다.

우리나라 동해안 북부의 함경도 지방의 풍부한 자원을 빼앗아 가기 위해 만든 이 경원선은 1914년에 완공되었습니다. 기찻길은 북으로 올라갈수록 험한 산길을 따라 이어져 남쪽에서 깊은 산을 잘 보지 못했던 치영의 가슴을 뛰게 만들었습니다.

원산에 도착한 치영은 그때부터 걸어서 북으로 올라갔습니다. 그때 이미 독립군들은 만주에서 수시로 국경을 넘어와 함경도 지역을 다니며 일본군과 크고 작은 전투를 벌이기도 했습니다. 드디어 치영은 만주로 넘어갔습니다. 만주 지방의 풍경은 조선과 완전히 달랐습니다. 흘러흘러 북간도의 연길까지 간 치영은 독립군을 만나려면 어디로 가야 하는지 몰라서 알 것 같은 사람들을 만나기만 하면 묻곤 했습니다.

"저, 독립군들이 활동하는 곳이 어디쯤입니까?"

하지만 사람들은 쉽게 입을 열지 않았습니다. 김두호 선생님이 있다는 북로군정서* 부대의 소문을 묻고 다닌 지 몇 달……. 천신만고 끝에 치영은 만주 토문강 부근에 숨어 있는 독립군 마을을 찾아냈습니다.

"누구냐?"

마을 어귀에서 보초가 물었습니다.

"김두호 선생님을 찾아왔습니다."

"김두호? 김두호라……. 많이 듣던 이름인데, 오라, 김 소대장을 말하나 보군."

---

* 북로군정서 : 1919년 만주 길림성에서 조직된 무장 독립단체

보초를 서던 병사는 사람을 보내 이 사실을 알렸습니다.

잠시 뒤 누군가가 마을에서 걸어 나왔습니다. 멀리서도 치영은 그 사람이 선생님인 줄 알아보았습니다.

"선생님!"

치영은 달려가 그 앞에 무릎을 꿇었습니다.

"누구지?"

"선생님, 저 치영입니다. 선생님을 숨겨 드렸던……."

"오, 그래. 치영이로구나!"

그제야 치영을 알아본 선생님은 그새 많이 늙은 것 같았습니다. 얼굴은 검게 그을리고 몸은 군살 하나 없이 바싹 말랐습니다.

"네가 이곳에 웬일이냐? 어서 일어나라."

선생님은 무척 반가워하셨습니다.

"선생님, 오랜만에 뵙겠습니다."

치영은 넙죽 땅바닥에 엎드려 큰절을 올렸습니다.

"아버지는 안녕하신가?"

치영은 이 말을 듣고 갑자기 목이 꽉 메어 왔습니다.

"왜? 무슨 일이라도……."

"아버님께서는……, 흑흑!"

울먹이는 치영에게서 자신을 도망시켰다는 죄목으로 치영의 아버지가 고문을 받다 돌아가셨다는 말을 들은 김두호 선생님은 눈물을 흘렸습니다.

"미안하다. 나 때문에……."

선생님은 마음 깊은 곳에서 우러나오는 위로를 했습니다.

"아닙니다. 아버지께서는 나라를 위해 돌아가신 겁니다."

"하루 빨리 우리가 독립을 해야 할 텐데……."

아버지의 이야기를 마치자 치영은 선생님의 이야기가 궁금했습니다.

"선생님, 그간의 얘기를 해 주세요."

"무슨 얘기를 듣고 싶니?"

"선생님께서 탈출하신 뒤 어떻게 되셨는지요?"

"나는 그 길로 만주에 있는 신흥무관학교*에 들어갔단다."

"그게 독립군 학교인가요?"

---

* 신흥무관학교 : 1920년 만주 안동성 유하현 삼운보에 세워진 독립군 양성 기관

"그렇단다. 교장은 이시영* 선생이고 교감은 지청천* 장군이셨지."

"어떤 분들인가요?"

"이시영 선생은 한일합방이 되자 분개해 6형제의 가족 50여 명을 이끌고 남만주로 들어가서 자신의 돈으로 학교를 세운 분이시다. 민족 해방을 위해서는 청년 장교들이 많이 나와 힘으로 나라를 되찾아야 한다는 거였지."

* 이시영(1868~1953) : 안중근과 함께 신민회를 조직하여 독립운동을 펼친 이시영은 만주로 망명 후 독립군 양성에 힘씁니다. 광복 후 부통령에 당선되기도 합니다.

* 지청천(1888~1959) : 독립군 총사령관, 한·중 연합군 총참모장, 광복군총사령부 사령관 등을 역임. 화려했던 경력만큼이나 앞장서서 항일투쟁을 펼쳤던 인물입니다.

"거기서 교육받으신 뒤 어디서 싸우셨어요?"

"그 뒤 나는 홍범도* 장군이 이끄는 대한독립군 소속이 되었단다."

대한독립이라는 말을 듣자 치영은 가슴이 뛰었습니다.

"그리고는 갑산과 혜산진 등지에서 일본군의 병영을 습격했지. 그 뒤로는 남만주와 우리 조선의 북쪽인 함경도, 평안도를 떠돌면서 거듭되는 전투를 겪었단다. 봉오동 전투가 가장 치열했는데, 거기에서 나는 홍범도 장군의 지휘로 일본군 연대 병력을 격파했단다. 150명의 적을 죽였지. 이 상처는 봉오동 전투에서 입은 거란다."

선생님은 오른쪽 가슴을 보여 주었습니다. 거기에는 총알이 박혔던 상처가 반질거리며 벌겋게 드러나 있었습니다.

* 홍범도(1868~1943) : 평남 양덕 출신으로 조국이 위태로워지자 의병을 조직하여 활발한 활동을 펼칩니다. 국권을 빼앗긴 후, 일본군이 들이닥치자 간도로 건너가 대한독립군 총사령관이 됩니다. 조국의 광복을 위해 독립군 활동을 펼치던 그는 독립군의 대표적인 전과로 꼽히는 '봉오동 전투'를 지휘하여 일본군을 전멸시킵니다.

"그 뒤 나는 일본군의 추격으로 쫓겨 도망 다니다 1920년 10월 우연히 북로군정서 부대를 만났단다."

"북로군정서 부대요?"

"그래. 김좌진*, 이범석* 장군의 부대지. 그곳에 내가 편입되자마자 겪은 전투가 바로 청산리 전투였단다."

선생님은 상기된 얼굴로 청산리 전투 얘기를 해 주었습니다.

만주에서 눈부시게 활약하던 독립군에게 시달릴 대로 시

* 김좌진(1889~1930) : 15세 때 집안의 종을 해방시킬 정도로 어려서부터 의협심이 컸습니다. 국권 회복을 위한 독립운동에 몸바친 그는 대한 광복단과 북로군정서의 총사령관으로 청산리 전투를 승리로 이끕니다.

* 이범석(1900~1972) : 1915년 중국으로 망명하여 청산리 전투 등에서 활약합니다. 광복군 총사령부가 창설되었을 때는 참모장을 지내기도 하는데 조국의 광복 소식을 듣고 46년 귀국, 국무총리 겸 국방부 장관을 역임합니다.

달린 일본군은 3만의 병력을 모아 김좌진의 북로군정서 부대를 단번에 토벌하기로 했습니다. 그들은 비밀리에 한곳으로 모여들었습니다.

그러나 이 정보는 북로군정서 부대의 귀에 먼저 들어갔습니다.

"음, 기회는 이때요. 일본군은 분명히 청산리로 들어올 것이오. 이때를 놓치지 말고 우리가 적을 먼저 쳐서 무찌릅시다."

용감한 김좌진 장군의 지시에 따라 2,500명 독립군들은 청산리에 미리 들어가 일본군이 오기만을 기다렸습니다. 청산리 골짜기는 그 길이만도 80리가 넘고 숲은 아름드리 나무로 꽉 들어찬 엄청난 원시림이었습니다. 거기에 숨으면 아무리 무장한 일본군이라 할지라도 독립군들을 쉽게 찾을 수는 없었습니다. 이곳에 우리 독립군들은 숨어서 적들이 골짜기 안으로 들어오기만 기다렸습니다.

드디어 9월 10일 아침 일본군들이 나타났습니다. 맨 앞에 선 병사는 계곡 입구에 있던 말똥을 만져 보고는 대장에게 보고했습니다.

"독립군이 도망간 듯한데 말똥이 차가운 걸로 보아 지나간 지 한참 된 것 같습니다."

"그래? 그럼 어서 추격하자."

일본군 1만여 명이 먼저 겁도 없이 먼저 골짜기 안으로 들어왔습니다. 독립군들은 숨을 죽이고 그들이 함정 안으로 다 들어오기만을 기다렸습니다.

"탕!"

명사수인 이범석 장군이 쏜 총알이 맨 앞의 일본군을 한 방에 쓰러뜨리자 청산리에는 독립군이 쏘는 총소리가 가득 찼습니다.

"탕! 탕! 탕!"

갑자기 기습을 당한 일본군들은 숨기에 바빴습니다. 그러나 숨어서 내려다보며 쏘는 독립군의 총알을 그들이 피할 수는 없었습니다.

이렇게 2주간을 치열하게 싸운 독립군은 일본군 3,300여 명을 죽였습니다. 그러나 독립군의 사망자는 겨우 90명이었습니다. 참으로 엄청난 승리였습니다.

"그때부터 일본군은 만주를 돌아다니며 분풀이로 우리 조선인들이 사는 마을을 불지르고 사람들을 죽이며 만행을 벌인 거란다."

"그렇군요."

치영은 이를 꽉 물고는 말했습니다.

"선생님, 저도 독립군이 되고 싶어요. 총칼을 들고 일본놈들과 싸우고 싶어요."

"생각은 장하다만 독립군이 된다는 건 쉬운 일이 아니다."

"그래도 저는 꼭 독립군이 되고 싶어요."

"언제나 일본군들의 추격에 쫓겨 다녀야 한단다. 늘 차가운 바깥에서 잠자야 하고……."

"견딜 수 있습니다."

"때로는 숲을 헤치며 산길을 따라 수백 리 행군도 해야 한다."

"하겠습니다."

"밥을 굶거나 동상에 걸리는 일은 아무것도 아니란다."

"이 목숨 끊어지더라도 끝까지 싸우겠습니다."

선생님은 치영의 눈을 그윽하게 들여다봤습니다. 치영의

결심이 확고하다는 것을 알 수 있었습니다.

"그래, 장하다! 역시 너는 내 제자답구나."

그때부터 치영은 혹독한 훈련을 거쳐 독립군이 되어 만주를 누비며 무장 투쟁을 벌이게 되었습니다.

같은 민족, 다른 사람들

 깊은 숲입니다. 한 치 앞을 내다볼 수 없게 깜깜한 이 숲속에 사람의 그림자가 있었습니다. 그림자는 움직이지 않고 무언가를 가만히 지켜보고 있습니다.
 "음, 드디어 온다."
 속삭이듯 말하는 목소리는 분명 조선 사람의 것이었습니다. 저만치서 총을 멘 독립군 두 사람이 사방을 살피며 조심스럽게 걸어오고 있었습니다. 정찰병이었습니다. 그 두 정찰병이 지나가자 잠시 뒤에 독립군의 본대가 지나갔습니다. 말을 탄 장군도 있었고, 총을 든 채 걸어오는 병사들도 많았습니다. 그들의 모습은 무척이나 지쳐 있는 듯했습니다. 옷이 찢기고 다리를 다치거나 팔을 붕대로 감은 사람도 있었습니다. 며칠째 일본군에게 쫓기고 있었던 것입니다.

"어떻게 알고 일본놈들이 우리의 뒤를 이렇게 귀신같이 추적하는 걸까?"

"글쎄 말야."

독립군 병사들은 두런두런 이야기를 나누며 행군을 했습니다. 그렇게 수백 명의 독립군들이 지나가자 숲속에 숨었던 그림자는 조심스럽게 일어났습니다. 복장은 나무꾼의 것이었지만 눈빛은 날카로웠습니다. 예사 나무꾼이 아닌 게 분명했습니다.

'어서 이 사실을 본부에 알려야겠다.'

그림자는 재빠르게 산을 내려가기 시작했습니다. 그림자가 커다란 바위 사이를 뚫고 재빨리 몸을 돌렸을 때였습니다.

"꼼짝 마라!"

그림자 앞에는 차가운 총구가 기다리고 있었습니다.

"손들어라! 허튼 짓 하면 그대로 쏴 버린다."

총을 겨눈 사람은 바로 독립군이었습니다.

"여기서 뭘 하는 게냐?"

"저는 나무꾼인데……."

"거짓말 마라! 나무꾼이 지게도 없이 어떻게 나무를 한단 말이냐?"

독립군 병사들은 사내의 몸을 뒤졌습니다. 그러자 몸에서 총과 함께 지도, 독립군의 위치 등을 적은 수첩이 나왔습니다.

"이 자는 일본놈의 밀정이 분명하다."

"어쩐지 요즘 일본놈들이 우리를 잘 찾아다니기에 수상하다 했더니."

"어서 가자!"

독립군 병사들은 사로잡은 밀정을 끌고 본부로 갔습니다. 그러나 그들은 또 다른 밀정이 저만치서 그들을 뒤쫓는다는 사실은 알지 못했습니다.

"대장님, 일본의 밀정을 잡아 왔습니다."

"그래?"

김두호 소대장 앞으로 끌려온 밀정은 두 손이 뒤로 묶여 있었습니다.

"어디, 고개를 들게 해라."

옆에 섰던 병사가 턱을 치켜올렸습니다. 밀정은 분하다는 표정으로 입술을 깨물며 고개를 들었습니다.

"아니, 너는……."

김두호 소대장의 옆에 서 있던 치영은 놀랐습니다. 치영도 이제는 어엿한 독립군의 병사였습니다. 나이도 이미 스무 살이 넘었습니다.

"너는 재필이……."

그 말을 들은 밀정도 깜짝 놀랐습니다.

"재필이 맞구나, 아버지가 일본놈 앞잡이를 하더니 너는 또 뭐가 부족해서 밀정 노릇을 하느냐?"

치영의 말을 들은 김두호 소대장도 재필을 자세히 살펴보았습니다.

"오! 네가 바로 재필이로구나."

"저 녀석이 3·1운동 때 선생님께서 숨은 곳을 제 아버지에게 알려서 잡히게 한 녀석입니다."

같은 민족, 다른 사람들

"흥! 치영이, 네 녀석을 이 부근 어딘가에서 찾을 줄은 알았다만 의외로구나. 원수는 외나무다리에서 만난다더니……."

"그래. 너는 뭐가 아쉬워서 대를 이어 일본놈들에게 민족을 팔아먹고 충성을 바친단 말이냐?"

"네놈을 찾아 내가 꼭 취조하려고 소문을 쫓아 이 만주 벌판을 떠돈 지 몇 년째다."

치영과 재필은 서로 노려보며 이를 갈았습니다.

"너 때문에 우리 아버지가 일본놈들의 모진 고문을 겪고 돌아가셨다."

"흥, 네놈이 만주로 도망가면서 우리 집과 승덕이네 집에 불지른 것을 다 안다. 그때 우리 식구는 모두 죽을 뻔했다. 네놈을 꼭 내 손으로 잡아서 끌고 갔어야 하는데……."

김두호 선생님은 착잡한 심정이었습니다. 친한 친구로 지내도 시원치 않은 두 사람이 이렇게 철천지원수가 되어 서로 으르렁거리고 있으니 말입니다.

"자자, 고만들 해라. 저자를 가두고 무슨 일로 왔는지나 잘 조사해라."

재필이 끌려나가자 치영은 말했습니다.

"선생님, 어쩌면 저 녀석은 저렇게 뻔뻔하게 일제의 앞잡이가 되어서도 큰소리를 칠 수 있을까요?"

너무도 답답한 마음에 치영은 분을 삭이지 못했습니다.

"어쩔 수 없다. 저런 조선인들이 있기 때문에 우리가 하루 빨리 조국을 해방시켜야 하는 거다. 우리 민족의 불행이다."

그때였습니다.

"탕! 탕! 타앙!"

갑자기 치영의 독립군 부대가 숨어 있는 마을 뒷산에서 총소리가 요란하게 들리기 시작했습니다.

"쿵! 콰앙!"

대포알도 날아와 터졌습니다.

"일본놈들의 기습이다!"

치영이 밖으로 나가 보니 과연 온 산이 일본군들로 가득 차 있었습니다.

"어서 총을 들고 이 곳을 빠져나가라!"

김두호 소대장이 큰소리로 명령했습니다. 독립군이 숨은

같은 민족, 다른 사람들

곳은 너무나 비좁은 계곡이었기 때문입니다.

"저자들을 하나도 남김없이 잡아라!"

일본군들은 맹렬히 총을 쏘며 달려들었습니다. 재필이가 잡혀가는 것을 보고 뒤따라온 밀정이 일본군 부대에 독립군 마을을 알려 기습을 한 것이었습니다.

"어서 퇴각하라!"

김두호 소대장은 말에 올라 병사들을 지휘했습니다. 그러자 일본군은 김두호 소대장을 향해 집중적으로 총을 쏘았습니다.

"으윽!"

말에 탄 김두호 소대장은 총에 맞아 땅에 떨어졌습니다.

"선생님!"

치영은 달려가 김두호 소대장을 일으켜 말에 싣고 비호* 같이 달아났습니다.

일본군의 추격은 다음 날 새벽이 되어서야 뜸해졌습니다. 독립군은 더 깊은 산으로 숨어 들어갔습니다.

---

* 비호 : 나는 호랑이라는 뜻으로, 동작이 몹시 날래고 용맹스러움을 비유한 말

"여기서 잠시 쉬자."

소대장의 명령에 따라 군사들은 숲속에 몸을 숨기고 누웠습니다. 반이 넘는 군사들이 흩어지거나 다쳤습니다.

김두호 소대장은 피를 많이 흘렸습니다.
"선생님, 선생님!"
치영이 흔들어 깨우자 김두호 소대장은 가늘게 눈을 떴습니다.
"치영아, 나는 죽을 것 같다."
"선생님, 기운을 내세요. 이대로 돌아가시면 안 됩니다."
"치영아! 저 하늘을 봐라. 무궁화가 하나 가득 피었구나."
"선생님!"
"내가 피우지 못한 무궁화를 네가 꼭 피워 다오."
"선생님! 으흐흐흐흐……."
그게 김두호 소대장 아니, 선생님의 마지막 유언이었습니다. 그대로 숨이 끊긴 선생님의 몸을 부여잡고 치영은 한없이 울었습니다.

"어험!"

큰기침과 함께 나이 든 영감이 대문 안으로 들어섰습니다.

"어서 드시어요."

고래등같이 커다란 기와집 대청으로 영감은 올라섰습니다.

"아버님 오십니까?"

"오냐. 승덕이 들어왔느냐."

나와서 인사를 올리는 사람은 얼굴이 허여멀건 청년이었습니다.

"예. 오늘은 총독부*에 일이 밀려서 지금 들어왔습니다."

서울의 한복판에 크게 자리 잡은 이 집은 바로 치영의 동네에서 지주 노릇을 하던 양성수의 집이었습니다. 지금 들어온 영감은 양 지주였고, 그를 맞이한 사람은 아들 승덕이었습니다.

양씨 부자는 서울로 올라와서는 〈내선신문〉이라는 친일 신문사까지 만들어 그의 부를 맘껏 자랑하며 일제에 빌붙

---

* 총독부 : 일제가 우리나라를 지배하기 위하여 나라 일을 총감독하던 관청

어 호강하고 있었습니다. 아들인 승덕은 일본으로 유학을 갔다 와서 고등문관시험에 합격해 군수를 지내다 총독부에 근무하고 있는 관료였습니다.

"오늘 신문 읽었느냐? 네가 쓴 글 좋더구나."

"감사합니다."

승덕은 일본에서 공부하고 온 지식을 바탕으로 〈내선신문〉에 다음과 같은 글을 썼던 것입니다.

> 조선과 일본은 뭉치면 살고 흩어지면 죽는 관계다. 입술이 없으면 이가 시리고, 이가 없으면 입술이 쭈그러지는 것과 같다. 우리 조선인들이 대일본제국과 하나가 되어 대륙 방면으로 뻗어 나가고 세계적으로 일어서려면 조선을 독립시켜서는 불리하다. 왜냐하면 조선의 인구는 겨우 2,000만이고 땅도 3,000리밖에 안 되는데, 일본과 하나 되면 7,000만 인구로 강한 힘을 가질 수 있다. 그러므로 일본인과 조선인은 잘 단결해서 발전된 미래를 위해 함께 나아가야 하는 것이다.

"이런 썩은 친일파 놈을……."

종로의 한 다락방에서 이 글을 읽고 격분하는 사람이 있었습니다. 반듯하게 생긴 얼굴에 강한 눈빛을 가진 청년이었습니다.

"아니, 왜 그러시오?"

옆에 있던 다른 청년이 물었습니다.

"이 양승덕이란 자는 나의 소학교 동창이오. 그런데 이 글을 보시오. 이런 자가 어떻게 우리 조선 사람이라 할 수 있단 말이오?"

옆의 청년이 신문의 글을 읽고는 말했습니다.

"악질 친일 지주의 아들답군요. 변 동지의 친구들이라는 자들은 어째 다들 그 모양이오?"

"글쎄 말이오."

한심스러운 얼굴로 천장을 올려다보는 청년은 바로 변치영이었습니다.

"일제의 밀정이 없나, 지주의 아들로 일제의 앞잡이 노릇을 하는 놈이 없나, 여류 문인이라면서 아부하는 자가 없나."

"그 박농숙은 애초에 그런 친일파가 아니었다면서요?"

"그랬소. 내가 이 보급 투쟁을 하던 초창기만 해도 그랬소."

변치영은 만주에서 존경하는 김두호 선생님을 잃었습니다. 습격을 받고 도망간 밀정 재필은 결국 그의 스승까지도 죽게 만든 것이었습니다. 치영의 가슴에는 무궁화를 마저 피우라는 선생님의 유언만 소중하게 남아 있었습니다.

그 후 치영은 임무가 바뀌었습니다. 몰래 조선으로 침입해 보급 투쟁을 담당하게 된 것입니다. 주로 친일파의 집에 들어가 그들에게서 군자금을 빼앗아 만주의 독립군들에게 보내는 일이었습니다. 이 일은 만주에서 일본군과 싸우는 것보다 더 위험한 일이었지만 민첩하고 영리한 치영은 하나씩 임무를 수행해 나가고 있었습니다.

어느날 치영은 은밀히 친구 동숙을 만났습니다. 동숙은 일본에서 못다 한 공부를 조선에서 마치고 서울의 도화여학교에서 선생님을 하고 있었습니다. 치영은 동숙이 근무하는 학교 정문 앞에서 기다리다 퇴근하는 그녀를 만났습니다.

"어머! 이게 누구야? 치영이 아냐?"

양장을 입고 가방을 들고 신식 교육을 받은 신여성의 모습으로 동숙은 반갑게 치영을 만나 주었습니다. 치영도 반가웠습니다.

"정말 오랜만이군."

"어떻게 지냈어? 우리가 만난 게 7년 만인가?"

"햇수로는 그렇지."

두 사람은 길을 걸으며 이야기를 나누었습니다.

"만주로 간다더니 어떻게 되었어?"

동숙이 묻자 치영은 거짓말로 대답했습니다.

"응, 만주로 가지 못하고 평양에서 장사를 하고 있어."

"그렇구나."

그간 살아 온 이야기, 고향 이야기로 두 사람은 이야기 꽃을 피웠습니다. 그런데 치영은 동숙의 모습이 예전에 알던 동숙이 아닌 것 같아 이상했습니다. 두 눈을 크게 뜨고 보아도 동숙은 달라진 게 없는데 무엇 때문일까 궁금했습니다. 그때 동숙이 물었습니다.

"치영아, 너도 김광수라는 사람 알아?"

"시를 쓴다는 사람 말인가?"

"응, 맞아. 그분에게서 나는 요즘 문학을 배우고 있어."

치영은 입을 다물었습니다. 김광수라면 승덕이네가 하는 〈내선신문〉 문화부장으로 친일파의 문인이었기 때문입니다.

"그자는 친일파 아닌가?"

치영이 조심스럽게 물었습니다.

"친일파가 요즘 어디 있어? 일본과 조선이 하나된 지 30년이 다 되었는데……."

치영은 깜짝 놀랐습니다. 어렸을 때, 같이 김두호 선생님을 숨겨 드리고 함께 독립을 얘기하던 동숙의 입에서 그런 말이 나왔다는 사실이 믿어지지 않았습니다. 동숙이 달라진 것 같이 느껴진 이유를 알 수 있었습니다.

"일본은 세계 열강의 하나가 되고 있어. 그런 일본에게서 따로 떨어져 나와 조선이 독립을 한다는 건 힘든 일이야. 그러니 차라리 일본의 일부가 되어서 일본 사람으로 편하게 사는 게 더 나을 거야."

"너는 김광수에게서 문학을 배운 게 아니라 친일을 배웠

구나."

"자꾸 그런 소리 하지 마. 지금 우리는 대륙으로 치고 들어가야 할지도 모른단 말야."

"우리가 아니라 일본이겠지."

동숙의 변한 모습에서 치영은 큰 배신감을 느꼈습니다. 다시는 동숙을 만나지 말아야겠다고 가슴 아프게 결심했습니다.

전쟁 속에 커 가는 친일파

1930년대 이후 일제는 우리 민족을 더욱 억압했습니다. 그러자 친일 지주나 자본가와 민족 개량주의자들은 이제 노골적으로 일제와 손잡는 모습을 보여 주었습니다. 그전까지는 몰래 그들에게 협력했으나, 이제부터는 드러나게 충성을 다하고 있는 것입니다.

친일 지주들은 농사짓기가 힘들어지고 일본이 우리의 농산물을 거저 가져가다시피 해서 생긴 손해를 농민들에게 떠넘겼습니다. 소작료를 더 올리고 갖은 방법으로 돈을 뜯어내 농민들을 못살게 굴었습니다.

이는 공장이나 사업을 하는 자본가들도 마찬가지였습니다. 전쟁이 나면 그만큼 많은 물건이 필요해집니다. 그들은 공장을 돌리면 돈을 많이 벌 수 있겠다는 생각에서 일제의 식민지 정책을 적극 지지했습니다. 곧 전쟁도 날 것 같았기 때문입니다. 이럴 때일수록 민족을 바른 길로 이끌어야 할 지도자들은 민족의 독립보다는 민족 개량을 부르짖었습니다. 즉 우리는 당장 독립할 수 없으니 우리 민족의 성질을 개량하고 수준을 높여서 먼 훗날 독립할 자격을 갖추자는 것이었습니다. 이것은 일제가 우리를 지배해도 당장은 어쩔 수 없다는 것이었습니다.

그러나 그들은 1920년대에 들어서 조선을 우리가 통치하겠다는 생각마저도 포기하고 식민지로서 좀 더 나은 대접이나 해달라는 뜻에서 일본의 정치에 참여하려는 운동을 펼쳤습니다. 뿐만 아니라 천도교 및 기독교 단체들을 앞장세워 농촌의 자력 갱생* 운동, 소비 절약 운동 등으로 일제를 적극 도와주었습니다. 이들은 우리나라 사람들이

---

* 자력 갱생 : 남에게 의지하지 않고 자기 스스로 뒤떨어진 생활 환경을 향상시키는 일

못 살게 된 원인이 일제의 식민지 지배 때문이 아니라 조선 사람들이 원래 무식하고 게으르기 때문이라고 했습니다. 그런 이유로 농사 방법 개량과 생활 개량을 해야 하고, 그렇게만 하면 잘 살 수 있을 것처럼 떠벌려 사람들을 속인 것입니다.

교활한 일제는 이들 계층의 대표 몇 명을 귀족 층으로 포함시켜 주면서 그들을 완전히 친일파로 만들어 식민지 지배 정책을 드러나게 지지하도록 조종했습니다.

"드디어 일본이 만주를 삼키려 하고 있네."

치영이 숨어사는 다락방에 같이 있는 동지가 치영에게 신문을 가지고 와서 말했습니다. 신문은 1931년 9월 18일, 만주사변*이 일어났음을 알려 주고 있었습니다.

"어떻게 된 일이오?"

"일본군이 만주에서 만주 철도를 폭파하고 그것을 중국군의 소행이라고 주장한다는 거요."

"그럼 전쟁이?"

---

* 만주사변 : 1931년 일본군의 만주 철도 폭파를 계기로 벌어진 중국과 일본의 전쟁

"그렇소. 아마도 일본은 이번 일로 만주를 집어삼킬 거요."

과연 일본은 전쟁을 일으켜 다음 해인 1932년 봄에 만주를 다 점령했습니다.

독일, 일본, 이탈리아 등의 나라들은 정상적이지 않은 경제 구조로 인해 국내 시장이 좁았을 뿐 아니라 식민지 시장도 거의 갖고 있지 못했습니다. 이런 상황에서 선진 자본주의 강대국들끼리 뭉치자 이들은 군사적으로 힘을 기르기로 작정했습니다. 즉 총이나 대포 같은 무기들을 생산하는 데 온 힘을 기울였습니다. 그리고는 그 힘으로 남의 식민지를 빼앗거나 새로 만들 궁리를 한 것입니다. 그러나 다른 나라들은 자신들의 식민지를 지키려 했기 때문에 서로 강한 힘으로 대립하기 시작했습니다.

유럽 강대국과 미국의 경제가 급격한 혼란 상태에 빠져 자기들 나라 내부 문제에 몰두하고 있는 것을 틈타 일본은 힘이 약한 중국을 군국주의*의 첫 희생물로 선택했습니다. 1931년 9월, 전쟁을 시작하겠다는 선전포고조차 없이 자신

---

* 군국주의 : 국방력을 강하게 해서 병력으로 최후의 승리를 얻으려고 하는 사상

들이 가짜로 꾸민 '남만주 철도 폭파 사건'을 걸고 넘어져 만주 침략을 시작한 것입니다. 일본 침략군은 거침없이 만주를 차지하고, 1932년 1월에는 상해를 침략하였고, 3월에는 만주에 만주국이라고 하는 꼭두각시 정권을 만들었습니다. 이후 일본은 마음 놓고 침략 행동을 저지르기 위해 국제연맹*을 탈퇴하고 계속 군사력을 키웠습니다.

그리고는 일본은 조선을 더욱 탄압했습니다. 만주에서 중국을 상대로 전쟁을 하는데 그 뒤에 있는 조선인들이 자신들에게 반항을 하면 안 된다는 생각이었습니다. 그들은 조선 사람들을 감시하며 숨막히게 했습니다. 일제는 식민지였던 조선을 중국 대륙 침략 전쟁을 치르기 위한 견고한 후방으로, 또한 전쟁 물자를 조달하는 기지로 이용하려 했습니다. 이를 위해서 조선 민족의 민족 해방 운동을 철저하게 탄압·말살하고, 조선 민중을 더욱 가혹하게 수탈할 필요가 있었던 겁니다.

---

* 국제연맹 : 제1차 세계대전 후 국제 평화 유지와 협력을 목적으로 만든 여러 국가들의 모임

이때 상해에 있는 임시정부의 우두머리는 백범 김구 선생이었습니다. 1931년 어느 날 김구 선생에게 한 젊은이가 찾아왔습니다.

"선생님, 저는 조국의 독립을 위해 뭔가 뜻깊은 일을 하고 싶습니다. 저를 써 주십시오."

청년의 이름은 이봉창*이었습니다. 김구 선생은 청년을 생전 처음 보았고 그에 대해서 아는 바도 없었지만 털끝만큼도 의심하지 않았습니다. 당시에는 독립운동을 하는 사람들을 잡아들이기 위해 일본이 보낸 첩자도 많을 때였습니다. 아무나 믿는다는 것은 위험하기 짝이 없는 일이었습니다.

"이 동지 잘 왔소. 당장 형편이 어려울 텐데 우선 쓰시오."

* 이봉창(1900~1932) : 한때 일본인의 양자가 되어 일본에서 살기도 한 이봉창 의사는 상하이로 건너가 김구 선생이 조직한 한인애국단에 가입하여 일본 왕(히로히토)을 암살할 것을 선서합니다. 비록 일본 왕을 향해 던진 그의 수류탄은 빗나갔지만 위풍당당했던 그의 모습은 일본인을 다시 한번 놀라게 했다고 합니다.

그러면서 김구 선생은 당시로서는 큰 돈인 천 원을 주었습니다. 그러자 정말 놀란 사람은 이봉창이었습니다. 난생 처음 보는 자신을 의심하지 않고 믿어 준 김구 선생의 믿음에 감격한 것입니다.

"나는 평생 이렇게 누군가에게 신임을 받아 본 적이 없다. 김구 선생님은 정말 영웅이시구나. 이렇게 나를 믿어 주는 사람이 있는데 무슨 일을 못할까!"

청년 이봉창은 애국단에 가입, 김구 선생 곁에서 생활하면서 그의 애국심과 인격에 감동합니다. 그리고 나라를 위해 목숨을 바치는 것이 대단한 영광임을 알게 되었습니다.

마침내 이봉창은 1932년 1월 일본으로 건너가 일본 왕에게 폭탄을 던집니다.

"쾅! 쾅!"

그러나 아깝게도 폭탄은 빗나가 옆의 병사들에게만 부상을 입히고 이봉창은 일본 경찰에 붙잡혔습니다.

"대한 독립 만세! 만세!"

이봉창은 도망가지도 않고 가슴 속에서 태극기를 꺼내 크게 세 번 외쳤습니다. 그는 일제의 법정에서 재판을 받을

때 다음과 같이 말했습니다.

"나는 너희의 임금을 상대로 한 사람이다. 너희들이 어찌 감히 나에게 무례히 하느냐?"

이 한 마디 말로 그들을 꾸짖고 이봉창 의사는 재판을 거부했습니다. 일본 법정은 방청인도 없이 저희들끼리 판결문을 만들어 이봉창 의사를 사형에 처했습니다. 그렇지만 이로써 우리 민족의 독립 의지는 세계 곳곳으로 퍼져 나갔습니다.

그 사건이 있은 지 석 달 뒤인 1932년 4월의 어느 날입니다. 김구 선생은 한 청년과 함께 아침 식사를 했습니다.

"많이 들게나."

"예, 먹고 있습니다."

식사도 끝나고 일곱 시가 되어서 시계가 땡땡 울렸습니다. 그때 청년이 품속에서 끈이 달린 새 회중시계를 꺼내 김구 선생에게 내밀었습니다.

"선생님, 이 시계는 어제 제가 6원을 주고 산 시계입니다. 선생님께서 쓰시는 낡은 시계는 2원짜리니까 제 시계와 바꾸시죠. 제 시계는 앞으로 한 시간밖에 쓸 수 없습니다."

"그러게나."

김구 선생은 눈물이 나오려는 걸 참으면서 시계를 바꿔 가졌습니다. 청년은 차를 타러 당당하게 걸어 나가다가 또 발걸음을 멈췄습니다.

"아니, 왜 그러나?"

김구 선생이 물었습니다. 그러자 청년은 주머니를 뒤져 돈을 있는 대로 다 꺼내 김구 선생에게 내밀었습니다.

"이 돈도 가지십시오."

"돈은 좀 가져가도 될 텐데……."

김구 선생의 말에 청년은 또 대답했습니다.

"자동차 삯 주고도 5, 6원은 남습니다."

김구 선생이 돈을 받자 자동차가 움직였습니다. 선생은 목메인 소리로 말했습니다.

"나중에 죽어서 저 세상에서 만나세……."

차창 밖으로 고개를 내밀고 청년은 고개를 끄덕였습니다. 이 청년의 이름은 윤봉길이었습니다.

그날 홍구 공원에서는 윤봉길 의사가 던진 폭탄으로 많

은 일본 침략군 장군들이 고꾸라졌습니다. 일본 거류민단장인 가와바다는 현장에서 죽었습니다. 일본군 최고 사령관도 죽고, 그밖에 많은 장군들이 부상을 당했습니다. 당당하게 만세를 부르고 잡혀간 윤봉길* 의사도 사형에 처해졌습니다. 일제에 억압받는 우리 민족을 구하기 위해 이렇게 청년 윤봉길은 기꺼이 자신의 목숨을 바쳤던 겁니다.

이 무렵 일본은 1920년대의 소위 문화정치*에서 허용하고 있던 극히 형식적인 자유조차 빼앗아 버렸으며, 민족 해방 운동을 억압하기 위하여 모든 수단을 동원하였습니다. 더욱이 일제는 이 지구상에서 조선을 완전히 없애 버리기 위해

* 윤봉길(1908~1932) : 충남 예산에서 태어난 윤봉길은 《농민독본》이라는 책을 저술했으며, 야학을 열고 애국심을 고취시키기 위해 '월진회'라는 단체를 조직합니다. 홀로 중국으로 망명한 후 김구 선생에게 독립 운동의 의지를 밝히고 일본전승기념식이 열리는 홍구 공원에 폭탄을 던져 대한 남아의 기개를 만방에 떨칩니다.

* 문화정치 : 3·1운동 이후 겉으로는 억압을 드러내지 않으면서 안으로는 강화된 식민 정책

전쟁 속에 커 가는 친일파

조선 사람을 억지로 일본 사람으로 만들려는 간악한 음모를 꾸몄습니다. 조선과 만주는 하나며, 모두 일본의 땅이라고 주장하는 대동아주의를 내세워 동아시아 지역의 침략을 합리화하는 한편, 중국 민족과 조선 민족 간의 사이가 나빠지게 만들었습니다. 그리고는 조선인도 일본인이 되었으니 일본의 왕에게 충성과 목숨을 바치라고 강요했습니다.

일제의 탄압이 심해져 갈 무렵 치영은 〈내선신문〉에 동숙의 시가 실린 것을 발견했습니다.

새로운 여류시인 박동숙의 등장!

출전가

우리 가자.
만세 부르고,
천황폐하 만세를
목이 터져라 부르고
대륙의 광야에 피를 뿌리고
그 누구보다 빨리

우리 가자

피는 샘솟아

누런 바위에

검붉게 엉긴다

동지여! 학우여!

이 피는

우리들의 피

2,300만 뜨거운 너희들의 피가

내 몸에 콸콸 흐른다

멀리 동방의 섬에서

빛이 있은 뒤

처음으로

성스럽게

뿌려지는 피다

반도에 사는

미천한 우리가

거룩한 님들께 바치는

은혜의 피다
우리는 우리 피에
고개 숙여 절한다
그것은
훗날 우리 뒤를 따라올
수많은 너희들의
뜨거운 피이기 때문에
아아 우리는 간다
남보다 한 발자국 앞서서

'아아, 이렇게까지 사람이 변할 수 있단 말인가!'

치영은 그 신문을 박박 찢어 버린 뒤 밤새 슬피 울었습니다. 그리고는 결심했습니다.

'내 기필코 우리 조선의 독립을 얻기 위해 이 한 목숨 기꺼이 바칠 것이다.'

치영이 이렇게 마음을 굳히고 있을 때, 동창이 점점 밝아 왔습니다.

친일파를 응징하라

 만주사변은 1937년에 중국과 일본의 전쟁으로 변했습니다. 일제는 끊임없이 침략 전쟁의 길로 나섰습니다. 중·일전쟁은 1941년 태평양전쟁으로 발전하게 되었습니다. 일본은 하와이의 진주만을 기습함으로써 미국에게 도전장을 던졌습니다.

 전쟁은 돈이 많이 드는 일입니다. 군인들을 먹이고 입혀야 하며 각종 무기도 만들어야 합니다. 그런 돈은 식민지였던 조선에서 짜냈습니다. 우리나라 사람들이 얼마나 일제의 억압에 시달렸을지는 안 봐도 뻔한 일이었습니다.

그런데도 조선의 친일파들은 그들 눈앞의 작은 이익을 지키려고 혈안이 되었습니다. 임전보국대 등의 친일 단체를 조직하여 일제의 침략 전쟁을 적극 지원하고 국민정신총동원연맹, 조선방공협회, 녹기연맹, 조선문인보국회, 대의단 등을 통해 황국신민화와 반공운동에 앞장섰습니다.

종로의 한 건물 앞에는 많은 사람들이 모였습니다. 그들은 각자 손에 일본의 국기를 들고 있었습니다.
"자자, 안으로 들어들 오세요! 행사가 곧 시작됩니다."
진행하는 사람이 나와서 웅성거리며 서 있는 군중을 안내했습니다.
"자자, 들어들 가자구."
사람들은 안으로 들어가 각자 자리를 잡고 앉았습니다. 그 가운데에는 날카로운 눈매를 지닌 사람도 있었습니다. 이곳저곳을 자세히 살펴보는 그는 다름 아닌 치영이었습니다.
"변 동지, 준비는 다 되었소?"
화장실에서 만난 사람은 치영의 동료였습니다.

"실수 없이 잘 준비되었소이다."

"오늘이야말로 녀석들의 간담을 서늘케 합시다."

"그럽시다."

커다란 강당 안으로 밀려 들어가는 사람들의 물결을 타고 치영도 안으로 들어갔습니다. 이제 치영의 나이도 30대 중반이었습니다. 얼굴에 잔주름도 생기기 시작했습니다.

강당 안에는 사람들이 가득 차 있었습니다. 연단에는 큰 글씨로 다음과 같이 쓰여 있었습니다.

'축 조선국민 총동원 협력연맹 발족'

"이건 또 어떤 일본놈 앞잡이 단체인가?"

강당을 가득 채운 사람들이 수군거렸습니다.

"김익부라는 자가 만든 단체래."

"김익부라면?"

"옛날에 일본놈 앞잡이였다나봐. 그런데 지금은 출세해가지구 이런 어용단체*를 만든다는군."

이 말을 옆에서 듣던 치영의 귀가 번쩍 뜨였습니다. 김익

---

* 어용단체 : 권력에 붙어서 그 이익을 위하여 일하는 자주성 없는 단체

부라면 같은 반 친구였던 재필이의 아버지였기 때문입니다. 정말 일본놈 앞잡이로 유명하던 그 김익부인가 하고 궁금해졌습니다.

궁금증은 곧 풀렸습니다. 일본의 국가가 불리고 황국신민의 맹세가 낭독되자 순서에 따라 모임을 개최한 위원회의 위원장이 나타났습니다.

"아니, 저자는?"

치영은 자신의 눈을 의심했습니다. 연단 위에 고급 양복을 입고 서 있는 것은 분명 그의 동창이며, 김두호 선생을 죽게 만든 재필의 아버지 김익부였기 때문입니다.

"저자는 내가 아는 자요."

"그렇소?"

곁에 있던 동지가 놀라 물었습니다.

"내가 어릴 때, 우리 동네에서 일본놈들 앞잡이를 하던 자요. 3·1운동이 일어나니까 저자는 만세 진정 운동을 전개하고, 중추원 회의장에서 개최된 지방 유력자 모임에서는 조선이 독립하는 건 불가능하다는 내용의 연설을 했다 하오. 이렇게 비열한 방법으로 그는 경성에 있는 일본놈들 눈에

들기 시작했는데 총독까지도 저자를 자주 만난다 하오."

"친일파의 전형적인 길을 걸었구려."

"뿐만 아니오. 그것도 부족해서 내선동지회라는 친일 단체를 만들어서 축음기·영사기를 갖고 전국을 돌아다니면서 설교·강연은 물론이고, 집집마다 방문하면서 일제에 협력하라고 부탁까지 하고 다닌다고 하오."

"그래서 오늘……."

"그렇소. 상해의 임시정부에서도 저자를 죽여야 할 '칠가살'에 넣었지 않았겠소."

칠가살이란 임시정부에서 정한 꼭 죽여야 할 인물들로 일본인 고위 관료, 매국노, 고등 밀정, 친일 행위로 재산을 모은 세력가, 총독부 관리, 독립운동을 사칭하는 불량배, 조선을 배반한 사람들을 말합니다. 두 사람은 귓속말로 소곤거렸습니다. 그러나 치영에게 놀랄 일이 더 남아 있었습니다.

"자, 여러분, 조용히 해 주세요. 지금부터 우리 조선국민총동원 협력 연맹의 창단식을 거행하겠습니다."

사회를 보는 자 역시 어디선가 많이 본 사람이었기 때문입니다.

"저자는 재, 재필이……."

치영은 너무나도 놀랐습니다. 사회를 보면서 교활한 눈을 반짝이는 것은 그의 소학교 동창 재필이었습니다. 만주까지 쫓아와 김두호 선생님을 죽게 만든 일본군의 첩자. 아버지의 뒤를 이어 첩자와 밀정 노릇을 하고 있었습니다.

"저, 저 녀석은 우리 선생님의 원수!"

"변 동지, 왜 이러시오? 진정하시오."

옆에 있던 동지가 재빨리 치영을 말리지 않았더라면 치영은 앞뒤 가리지 않고 달려 올라가 재필을 덮쳤을 것입니다.

"놓으시오. 내 저 녀석을 그냥……."

"변 동지, 우리의 임무를 잊으셨소?"

"음!"

치영은 그 말에 이성을 되찾았습니다.

"분하더라도 참으시오. 이제 곧 저자들에게 본때를 보일 수 있을 것이오."

연단에서는 계속 재필이의 말이 이어지고 있었습니다.

"지금 때는 바야흐로 대동아전쟁을 치르는 중차대한 시

국입니다. 우리가 대일본 제국의 신민으로서 몸과 마음, 정열을 온전히 바치지 않는다면 누가 이 전쟁을 승리로 이끌어 준단 말이오?"

재필은 침을 튀기며 팔뚝까지 내둘렀습니다. 치영은 이가 갈리는 걸 간신히 참고 있었습니다.

말 한 마디가 끝날 때마다 미리 약속해 놓은 자들이 여기저기서 소리쳤습니다.

"옳소! 옳소!"

"맞소!"

"조선국민 총동원 협력연맹은 본토의 국민들에게 우리 반도 국민들이 힘을 더하자는 것이오. 그게 우리가 입은 은혜를 갚는 길이기도 합니다."

"저, 죽일 놈, 일본이 우리에게 은혜를 주었다고?"

분노가 다시 치밀어올랐습니다. 그러나 치영은 꾹꾹 눌러 참고 또 참았습니다.

"자, 여러분, 위원장이신 김익부 선생의 연설을 들어 보도록 합시다."

여기저기서 마지 못한 박수 소리가 터져 나왔습니다. 김

친일파를 응징하라 147

익부는 교만하게 걸어 나왔습니다.

"여러분, 우리 반도가 천황 폐하의 은총을 입은 지도 어언 30년이 넘었습니다. 일본은 미개한 우리를 교화시켜 주고 기찻길도 놓아 주고 공장을 지어 우리에게 일자리를 만들어 주었습니다. 이제 본토가 대동아를 만들려고 하는 신성한 전쟁을 치르는 데 우리는 힘을 보태야 합니다. 미국놈들로부터 우리 동아시아 민족들을 지켜내야 할 의무가 우리에게 있는 것입니다."

김익부가 한창 열변을 토할 때였습니다. 갑자기 강당 안의 불이 전부 꺼져 버렸습니다. 코앞에 무엇이 있는지도 알 수 없게 깜깜해졌습니다.

"정전이닷!"

"불을 켜라!"

강당 안이 온통 캄캄해지자 사람들은 허둥대며 우왕좌왕하기 시작했습니다. 그때였습니다. 누군가가 연단으로 우당탕 올라가는 소리가 들렸습니다.

"놔! 이거 안 놔!"

몸싸움 소리가 들리더니 이내 거친 목소리가 흘러 나왔

습니다.

"이 김익부라는 놈은 일본 경찰의 앞잡이 노릇을 하던 자다. 이런 자가 우리 민족을 일제에게 팔아먹는 단체를 만들어서 또 다시 충성하는 것을 두고 볼 것인가? 이자를 민족의 이름으로 응징한다."

이어서 어둠 속에서 총소리가 울렸습니다.

"탕!탕!"

"꺄악!"

사람들은 총소리를 듣고 모두 제자리에 엎드려 몸을 숨기기 바빴습니다. 곧이어 불이 들어왔을 때 엉망이 된 연단 위에는 김익부가 총에 맞아 쓰러져 있었습니다.

"어서 의사를 불러라!"

"위원장이 총에 맞았다."

"아버지!"

재필은 자신의 아버지 김익부에게 달려갔습니다. 그의 머리도 누군가에게 얻어맞아 피가 흐르고 있었습니다.

아수라장이 된 강당을 재빨리 빠져나가는 사람 서넛이 있었습니다. 그들은 각자 부산하게 도망쳐 나오면서 큰소

리로 외쳤습니다.

"위원장이 총에 맞았다."

"테러다! 공산주의자들의 테러다!"

"도망가라!"

강당 앞의 종로 길바닥은 쏟아져 나온 사람들로 난리가 났습니다. 치영과 함께 거사를 행한 사람들은 국내에 몰래 들어온 독립군들이었습니다.

그날 밤 어느 다락방에는 일행들이 모였습니다. 다행히 일본 경찰에게 붙잡히지 않고 모두 무사히 도망쳐 올 수 있었습니다.

"동지들 수고했소."

"하지만 아깝소이다. 김익부 그놈이 죽지 않았으니……."

"그래도 몇 달간은 병원 신세를 져야 한다니까 아마 혼쭐이 났을 것이오."

"아무튼 우리는 더욱 몸조심을 해야 하겠소."

드디어 해방

 민족의 지도자 격이라고 할 수 있는 최린, 장덕수, 이광수, 최남선 등은 신문에 쓰는 논설, 문학이나 예술 작품, 시국 강연 등을 통해서 조선과 일본이 하나라고 늘 강조하면서 황국신민화 운동의 선두에 섰습니다.

 그들은 하나같이 일제가 벌인 대동아전쟁은 정당한 것이며, 일본군은 꼭 이 성스러운 전쟁에서 승리할 것이라고 외쳤습니다. 일제가 이 전쟁에서 승리해야만 조선인이 행복해지고 더 잘 살게 되는 것처럼 선전했습니다. 그리고 결론은 항상 그러기 위해서 조선의 청년들이 침략 전쟁에 나가 일제의 총알받이가 되라는 것이었습니다.

"이런 죽일 놈들!"

다락방에 숨어 있는 치영은 이를 갈았습니다. 그가 손에 든 신문에는 이런 친일분자들의 강연 안내나 문학 작품들이 여기저기 실려 있었습니다.

"저런 자들이 민족을 이끄는 지식인들이라니……."

"그러니 어서 우리나라가 독립을 해야 한다네. 그래야 저 자들에게 억눌린 우리 조선 민족이 기를 펴고 멋진 새 나라를 만들 것이 아닌가."

"아아! 우리 민족의 앞날이 암담하오."

"이들이 하는 짓은 최소한의 민족적 양심마저도 포기한 것이오. 언제고 해방이 되어 우리 손으로 나라를 만들면 그때 이 같은 민족 반역자들을 민족의 이름으로 처단합시다."

"그럽시다."

치영은 굳게 다짐했습니다.

"그나저나 이걸 보시오."

다른 동지가 또 다른 신문을 보여줬습니다.

"박흥식, 한상룡 등이 거액의 국방 자금을?"

"그렇소. 독립을 위해서는 땡전 한 푼 안 내는 자들이 이처럼 일제에는 충성을 다하는구려."

"이런 자들은 뜨끔하게 응징해야 하는데······."

그때 치영에게 좋은 생각이 났습니다.

"내가 잘 아는 부자가 하나 있소. 그자 역시 일제의 앞잡이로 민족을 팔아먹는 자요. 우리 그자를 찾아가 민족의 이름으로 처단합시다."

"그게 정말이오?"

"그럼, 어디 꾀를 내 보시오."

그들은 다락방에서 은밀하게 일을 꾸몄습니다.

이때 일본은 우리 민족을 탄압하면서 특히 민족 해방 운동에 대해 엄청난 감시와 억압을 했습니다. 많은 수의 첩자들을 풀어서 조선 사람들을 항상 감시했습니다. 그러다가 조금이라도 수상한 사람은 잡아다 조사하고 모질게 고문을 했습니다. 그러니 조선 사람들은 서로를 믿지 못하고 늘 말조심을 하고 다녀야 할 형편이었습니다.

중·일전쟁이 한창일 때 탄압은 극에 달해 1941년에는 소위 사상범 예방 구금령을 발표했습니다. 독립운동 사상을 가진 사람들을 미리 잡아 가두는 것입니다. 이로 인해 민족 해방 운동에 참여했던 애국지사들은 무더기로 잡혀갔습니다. 그리고 일제는 치안유지법을 다시 개정하여 그 적용 대상을 넓힘과 동시에 쉽사리 사형을 언도할 수 있도록 만들었습니다. 맘에 들지 않는 사람들은 제멋대로 죽일 수도 있었던 것입니다. 이 외에도 사람들의 눈과 귀가 되는 언론, 출판, 집회, 결사에 대한 탄압을 강화했습니다.

"어머니, 안녕히 계세요."
"흑흑흑흑!"
경성역 앞에는 울부짖는 가족들을 뒤로 하고 떠나는 젊은 청년들이 많았습니다.
"아이고, 얘야. 네가 가면 우리는 어떻게 산단 말이냐?"
이 광경을 지켜보는 변치영은 눈시울이 붉어졌습니다. 일제는 조선 사람을 동원하고 자원을 약탈하여 침략 전쟁을 치르기 위해 1938년부터 국가총동원법을 시행했습니다. 이 법 때문에 많은 사람들이 강제 징용당해 보국대로 끌려갔습니다. 그 수는 340만 명에 달했습니다. 또 일제는 조선 청년들을 침략 전쟁의 총알받이로 삼기 위해 1938년 육군 특별 지원 명령, 1943년에는 학도병, 해군 특별 지원병 제도를 실시했는데, 이런 제도를 통해 청년만이 아니라 조선 민족 전부를 전쟁터로 몰아 넣으려 했던 것입니다.

이와 동시에 황국신민화 정책도 한층 강화되었습니다. 일본 국기의 계양, 궁성요배*, 신사참배*, 정오의 묵도, 황국신민의 서사 제창, 일본어 상용 등이 강제적으로 실시되었습니다. 이를 위해 1938년에 국민정신 총동원령이 발표되었습니다. 또 반소·반공 전선을 강화하기 위해 조선방공협회도 조직되었습니다.

이처럼 일본은 조선 민족에게 침략 사상과 일본 정신, 일본식 생활 양식을 강요하면서 1940년 이후에는 조선어 신문과 잡지 일체를 폐간시켰습니다. 그럼으로써 민족 정신의 말살을 꾀하고, 심지어는 창씨개명을 실시해서 강제적

---

* 궁성요배 : 일본의 천황이 있는 쪽에 절을 하는 행위
* 신사참배 : 일본 황실의 조상을 신으로 모신 사당에 가서 예를 표하는 것

으로 조선 사람의 이름을 일본식으로 바꾸게 했습니다. 이런 일제의 탄압은 침략 전쟁이 확대되고 가열되는 1940년대 이후에는 그 절정에 달했습니다.

"아버님, 우리도 총독부에 뭔가를 바쳐야 합니다."

"지금 다른 지주들은 어떻게 하느냐?"

"다들 국방비를 헌납하고 있습니다."

"그럼 우리도 빠져서는 안 되지."

"그렇습니다."

깊은 밤 은밀하게 얘기를 나누는 것은 친일 부호 양성수와 그의 아들 승덕이었습니다.

"비행기 한 대 살 돈 정도는 내셔야……."

"아니 그렇게나 큰돈을?"

"아버님, 이 전쟁에서 일본이 이긴다면 그깟 돈이 문제겠어요."

"음."

"일본이 이 전쟁에서 승리하기만 하면 우리는 그때 더 큰돈을 벌 수 있습니다. 게다가 오늘날 우리가 이 정도의 부를 이룬 것도 다 일본이 있었기에 가능한 게 아니었습니까?"

드디어 해방

"음, 그렇긴 하지만……."

"지금 눈앞의 돈 몇 푼을 아끼실 때가 아닙니다. 일본의 승리를 위해 우리는 있는 힘을 다해 도와야 합니다."

"알았다. 그럼 어디 돈을 장만해 보도록 하자."

양 지주는 금고를 열고 아들 승덕과 재산 목록을 들여다보며 궁리를 시작했습니다.

멀리서 개 짖는 소리가 났습니다. 이미 달도 기운 새벽의 으스름한 기운을 타고 양 지주의 커다란 집 담장 밑에 붙어 선 사람들의 그림자가 보였습니다.

"내가 들어가 대문을 열겠소."

은밀히 말을 하고 담을 넘는 사내는 치영이었습니다. 나머지 동료들은 밑에서 치영이 담장을 넘어가기 좋게 받쳐 주었습니다. 작은 소리와 함께 치영은 담장 안쪽으로 떨어졌습니다.

"컹컹컹!"

그와 동시에 시커먼 개 한 마리가 무섭게 짖으면서 달려왔습니다. 이는 예상치 못한 일이었습니다. 깜짝 놀란 치영은 달려드는 개를 붙잡고 쓰러졌습니다. 개는 치영의 팔뚝을 사납게 물고 늘어졌습니다. 한참을 뒹굴던 치영은 간신히 개의 목을 졸라 기절시키고 일어났습니다. 조심스럽게 대문을 열자 밖에서 기다리던 동지들이 재빨리 들어왔습니다.

"자, 저쪽으로 돌아가면 놈의 사랑채요."

그들은 소리 없이 양 지주가 있는 곳으로 뛰어갔습니다.

"아! 불이 켜져 있소."

과연 사랑채에는 불이 켜져 있었습니다.

"이렇게 되면 곤란하지 않소? 지금쯤 잠을 자고 있어야 일이 수월한데……."

"내가 가서 무슨 얘기를 하는가 보고 오겠소."

치영이 살그머니 다가가 들어 보니 방안에서는 귀에 익은 양씨 부자의 이야기 소리가 들려왔습니다. 함께 비행기를 바칠 궁리를 하고 있는 것이었습니다.

'이런, 나쁜 놈들!'

치영은 동지들에게 신호를 보냈습니다. 방문을 박차고 들어간 치영과 독립군 동지들의 얼굴은 모두 복면으로 가려져 있었습니다.

"꼼짝 마라! 소리 지르면 이 육혈포*가 불을 토할 게다."

"누, 누구냐?"

"우리는 독립군 지원부대다. 들자 하니 너희들은 일본놈들에게 비행기를 바치려나 본데 우리 독립군에게도 비행기 한 대 바치시지."

"돈이 없다."

"거짓말! 천하의 양 지주가 돈이 없다니 말이 되는가?"

"저건 뭐란 말이냐?"

그들은 금고 안에 잔뜩 들어 있는 땅문서와 돈들을 가리켰습니다.

"안 돼!"

양 지주가 금고쪽으로 가려 하자 치영이 제지했습니다.

"흥! 돈이 목숨보다 중요하단 말이지?"

치영의 총을 보고 그들은 다시 움직일 수가 없었습니다.

"꼼짝 말고 있어라. 우리는 너희 땅을 짊어지고 가는 게 아니다. 다만 독립군의 자금이 필요할 뿐!"

---

* 육혈포 : 탄알을 넣는 구멍이 여섯 개 있는 권총

그러더니 동지 하나가 재빨리 금고 속을 뒤져 돈을 주워 담았습니다. 양 씨 부자는 아까워 미칠 지경이었지만 총이 있으니 어쩔 수 없었습니다.

"자, 다 되었소."

그렇지만 그들은 양성수가 책상 밑의 벨을 몰래 눌러 주재소에 연락한 걸 모르고 있었습니다.

"고맙소, 양 지주, 우리가 떠난 뒤에 혹시라도 신고를 한다면 다시 돌아와 이 집을 다 불질러 버릴 것이오."

그들은 재빨리 방에서 빠져 나왔습니다.

"어서 흩어져 각자 약속한 지점으로 갑시다."

"동지들 몸조심하시오."

그들이 흩어져 뛰기 시작할 때 저 멀리서 호루라기 소리와 함께 순사들의 고함치는 소리가 들려왔습니다.

"잡아라! 독립군의 밀정이다."

총을 들고 달려오는 순사들의 모습이 보였습니다.

"저들이 어떻게 신고를 한 모양이오."

"자, 동지들. 어서 도망갑시다."

그들은 각자 다른 길로 도망가기 시작했습니다. 치영도

죽을 힘을 다해 뛰었습니다. 그러나 순사들의 발자국 소리는 점점 더 가까워 왔습니다. 온 동네의 개들이 깨어나 짖기 시작했습니다. 치영은 막다른 골목으로 잘못 들어가고 말았습니다.

"저기다. 저쪽이야!"

순사들이 골목 안으로 들어오자 치영은 담장 위로 몸을 날려 지붕으로 기어올라갔습니다.

"지붕으로 도망간다. 쫓아라!"

순사들도 지붕으로 올라오는 게 보였습니다. 치영은 밤이라 밑이 잘 안 보여 지붕 위로 기왓장을 밟아 깨뜨리면서 도망갔습니다.

"서라! 안 서면 쏜다!"

"탕! 타앙!"

총알이 마구 날아왔습니다.

"아악!"

치영은 오른쪽 다리에 총알을 맞고 그대로 지붕 아래로 떨어졌습니다.

"이놈을 어서 족쳐라!"

치영은 순사들에게 잡혀와 피가 아직도 흐르는 다리로 취조를 받았습니다.

"양 지주의 돈을 가지고 간 놈들과 어디서 만나기로 했나? 앙?"

"모른다!"

"너는 어느 독립군 소속이냐?"

"말할 수 없다."

"흥, 아직 매운 맛을 못 봤구나. 이봐라, 바른 말할 때까지 쳐라!"

옆에 섰던 일본 고등계 형사가 잔인하게 치영을 고문했습니다. 그러나 치영은 옛날 치영의 아버지가 그랬듯이 이를 악물고 버텼습니다.

"음, 정말 지독한 놈이다. 이래도 안 불 테냐?"

일본의 형사들은 총에 맞은 치영의 상처를 마구 밟았습니다.

"아으윽!"

이렇게 치영은 기절했다 깨어나길 거듭했지만 동료들을

팔아넘길 수는 없었습니다.

"음, 정말 독한 놈이다."

결국 치영은 혼자서 그 모든 혐의를 뒤집어쓰고 일본 재판부의 재판을 받아 15년 징역에 처해졌습니다.

"아니, 저게 뭐야?"

"글쎄 뭐라고 썼길래 사람들이 저렇게 몰려가고 있지?"

종로의 길을 걷던 사람들은 벽에 붙은 글을 보려고 한쪽으로 몰려갔습니다. 글을 읽을 줄 모르는 할아버지들은 옆 사람들에게 물었습니다.

"뭐라고 쓰였소?"

"금일 정오 중대 방송, 1억 국민 필청이랍니다."

한 청년이 대답했습니다.

"그게 뭔 소리여?"

"오늘 12시에 라디오에서 뭔가 방송하니까 다 들으랍니다."

"뭘 방송한다는 게야?"

"알 수 없죠."

1945년 8월 15일 경성 시내 곳곳에는 벽보가 나붙었습니다. 정오가 되자 사람들은 라디오 앞에서 귀를 기울였습니다.

"우리 일본은 무조건 항복합니다. 이로써 전쟁은 끝났습니다."

라디오에서 일본 왕, 히로히토의 떨리는 목소리가 들렸습니다.

"이게 무슨 소리여?"

"일본이 항복했다는데?"

"그럼, 전쟁이 끝난 건감?"

"일본이 진 거니까 끝났지."

"그럼 우리나라는?"

"우리나라도 해방이 된 거지."

"그게 정말인가?"

"정말이지."

"그럼 이러고 있을 게 아니네. 당장 만세를 불러야지."

흰옷을 입은 수많은 시민들이 손에 손에 오래 숨겨 간직해 두거나 급히 새로 만든 태극기를 들고 거리로 쏟아져 나오기 시작했습니다.

"만세! 만세! 대한 독립 만세!"

해방, 해방이었습니다. 그동안 서슬 퍼렇게 우리 국민들을 탄압하던 일본군과 순사들은 어딜 갔는지 모르게 사라졌습니다.

일본이 항복하기 전인 7월 26일, 일본과 싸우던 연합국 대표들은 포츠담 선언을 통해 일본의 무조건 항복을 촉구했습니다. 그러나 일본 군부는 이에 응하지 않고 있다가, 8월 6일, 히로시마에 원자탄 세례를 받고, 8월 9일 소련마저 선전포고를 하자 마침내 무조건 항복을 했던 것입니다.

이로써 제2차 세계대전은 끝이 났습니다. 식민지 조선은 감격스런 해방 조선이 되었습니다. 바야흐로 이 땅에 새로운 역사의 장이 펼쳐지는 순간이었습니다.

"만세! 만세! 대한 독립 만세!"

거리에 쏟아져 나온 사람들은 며칠이고 신이 나서 목청이 터져라 만세를 불렀습니다. 이렇게 해방의 감격은 너무나도 컸습니다.

다음 날 서대문 구치소의 문이 활짝 열렸습니다.

"만세! 만세!"

"독립투사 만세!"

"대한 독립 만세!"

서대문 구치소 앞을 가득 메운 사람들은 구치소 문으로 나오는 독립 투사들을 환영하는 만세를 불렀습니다. 그들이야말로 조선이 독립할 수 있도록 최선을 다한 사람들이

었습니다.

"만세! 대한 독립 만세!"

 너무도 감격스러워 독립투사들도 울면서 만세를 외쳤습니다. 그 가운데에는 절룩거리며 걸어 나오는 치영도 있었습니다. 총에 맞은 그의 다리는 영영 회복되지 않았던 것입니다.

그렇지만 치영은 이제 곧 우리나라에 우리가 세운 정부가 들어서 행복하고 평화로운 나날이 시작될 것을 기대하면서 눈물을 흘리며 기뻐했습니다. 그렇게만 된다면 다리 하나 못쓰게 된 것은 아무것도 아니라고 생각했습니다.

못다 이룬 꿈

"오, 김 동지!"

여의도 비행장에 나온 사람들 가운데 다리를 절룩거리는 변치영은 함께 경성에서 보급 투쟁을 했던 옛 동지를 만나 반갑게 껴안았습니다.

"이게 얼마 만이오?"

"글쎄, 2년여 된 것 같소이다."

"그렇군요. 우리가 양 지주의 집을 털었던 게 재작년이었으니."

"그래, 건강은 어떻소?"

"그때 총에 맞아 다리가 이 지경이오."

변치영은 다리를 걷어 보여 줬습니다. 다리에는 벌겋게 흉터가 남아 있었습니다.

"쯧쯧!"

동료는 혀를 찼습니다.

"하지만 뭐 상관없소. 우리나라가 이렇게 버젓이 독립을 했으니 그걸로 족하오."

"하긴 그렇소. 변 동지야말로 참으로 애국자요."

"그건 그렇고 김 동지도 김구* 선생을 뵈러 나온 게요?"

"그렇소."

해방이 되자 삼천리 방방곡곡에는 새 나라를 만들려는

* 김구(1876~1949) : 《백범일지》로 유명한 김구 선생은 순수한 민족주의자로, 우리나라를 찾기 위한 독립운동에 평생을 바칩니다. 명성황후의 시해 사건 이후 일본군 중위를 죽인 것을 시작으로 해서 상해 임시정부를 이끄는 수석으로 종횡무진 활약하던 그는 광복 후에도 민족 통일을 위해 부단히 애썼으나 안두희에게 저격당해 서거합니다.

기운들이 가득했습니다. 일본 사람들은 쥐죽은 듯 조용히 자기들 나라로 돌아갔습니다. 우리 국민들은 기쁨에 넘쳐 가슴 설레며 각자의 맡은 일들을 열심히 하고 있었습니다.

외국에서 독립 투쟁을 하던 독립운동가들도 속속 귀국했습니다. 1945년 10월에는 미국에서 독립운동을 이끈 이승만 박사가 돌아왔습니다.

변치영과 그의 동지가 나온 이곳 여의도 비행장에는 오늘 중국에서 김구 선생이 개인 자격으로 돌아오기로 되어 있었습니다.

"저기 비행기가 온다!"

과연 비행기 한 대가 프로펠러 소리도 요란하게 날아오고 있었습니다. 비행기는 크게 여의도 상공을 돌더니 무사히 착륙했습니다.

그렇게 독립을 위해 싸우던 독립운동가들은 속속 고국으로 돌아왔습니다. 온 국민은 그런 독립투사들을 진심으로 환영했습니다.

그러나 해방이 곧바로 모든 문제의 해결을 의미하는 것은 아니었습니다. 오히려 우리 민족에게 새로운 숙제를 던져 주고 그 해결을 위해 부단히 노력하라고 채찍질을 하였습니다.

1946년 3월에 정부는 토지개혁을 실시했습니다. 일본인이 가진 땅과 면적이 넓은 땅, 소작지 등을 나라에서 그냥 거두어서 농사 지을 농민들에게 무상으로 나눠 주는 것이었습니다. 이는 우리 민족 경제의 건설을 통해 잘 살아 보려는 노력이었습니다. 식민지 시대의 지주 소작제를 없애고 토지를 고르게 나누어 주며 일본의 앞잡이 노릇을 하면서 돈을 번 자들의 돈을 빼앗아 민족자본을 만들려고 했습니다.

그 다음 과제는 민족의 자주독립이었습니다. 안으로는 일제 식민지 지배에 동조·협력한 자들을 벌주고 밖으로는 지난날의 일본 세력과의 모든 관계를 완전히 청산한 뒤 해방된 조국에 다시금 간섭하려는 외국 세력에 대해서는 철저히 자주 원칙을 지키려는 것이었습니다. 그러고 나서야 올바른 새 나라를 만들 수 있었기 때문입니다.

"변 동지, 드디어 반민족행위처벌법이 국회에서 통과되

었다고 합니다."

"아니, 그게 정말이오?"

"그렇소. 일제시대 때 악질적인 반민족 행위를 하여 민족을 해친 자를 처벌하기 위해 제정된 특별법이 바로 이것입니다."

"그렇다면 친일파 놈들은 이제 다 벌을 받는 것이구려."

"그런 셈이오. 한일합병에 적극 협력한 자, 독립운동가나 그 가족을 악의로 죽이거나 다치게 한 자 등을 처벌 대상으로 한다오."

"음, 그렇게 된다면 얼마나 좋겠소? 새 나라는 새 인물들이 이끌어 가야 하는 것이오."

치영과 동지들은 나라의 앞날을 걱정하면서 이런저런 이야기를 나누었습니다.

그간 우리나라를 다스리던 미군은 친일파들을 그대로 두고 그들에게 나라의 운영을 맡겼습니다. 그들을 다 제거하면 나라가 굴러가지 않기 때문에 그렇게 한 것입니다. 미국 입장에서 자신들의 편의를 위해 한 일이지만 나라가 해방되면 악질 친일파들이 다 없어질 줄 알았던 순진한 국민들은 놀라지 않을 수 없었습니다. 예전의 공무원들이 그대로 그 자리를 지켰기 때문입니다. 독립투사를 잡아 가두던 악질 순사들도 새 나라의 경찰로 탈바꿈했습니다.

"아니, 이게 도대체 어찌 된 일이오?"

"글쎄 말이오. 나라가 해방되었어도 달라진 게 없으니!"

그래서 국민들은 모두 들고 일어나 과거의 죄를 처벌해야 한다고 주장했습니다. 국민들의 성난 목소리에 견디지 못한 정부에서 결국은 반민족행위처벌법을 만든 것입니다. 1948년 9월의 일이었습니다.

새로 생긴 법에 따라 반민족행위특별조사위원회가 생겼으니 사람들은 이를 '반민특위'라고 했습니다. 반민특위는 일제에 협력하고 반민족 행위를 한 자들을 조사하기 위한 기관으로 1949년 1월 12일 도 조사부 책임자까지 임명함으로써 구성을 완료하고 사업에 착수하였습니다.

여기저기서 일제시대 때 친일을 했던 자들이 잡혀갔습니다. 국민들 모두는 크게 박수를 쳤습니다. 치영을 괴롭히던 양승덕이나 김재필도 모두 체포되었습니다. 1949년 3월, 3,000만 민족의 열광적인 요청으로 반민족적인 행위를 한

못다 이룬 꿈

자를 대상으로 재판이 열렸습니다. 36년간 우리는 일본의 혹독한 식민 지배에서 허덕였고 많은 선열들이 일제의 폭력에 산 제물이 되었습니다.

8·15 해방 직후 우리에게 가장 급한 일은 친일파를 잡아넣는 것이었는데, 해방 이후 어지러운 정세로 인해 이렇게 지지부진하였던 것입니다. 해방된 지 4년이 지났지만 친일파들은 그들의 과거 죄를 반성하기는커녕 정부와 국회 등 중심이 되는 기관에 들어갔습니다. 그러나 우리 국민들은 그들에게 더 이상 속지 않기로 하고 반민특위를 만든 것입니다.

이날 이른 아침부터 모여든 방청객들은 서울지방법원이 있는 정동의 낮은 언덕을 덮어 버렸습니다. 구내에는 특경대 조사관 기마대까지 출동하여 경계가 삼엄했습니다. 반민 친일파의 대표격인 인물 김광수 등의 피고가 재판정에 도착하자 구경하러 온 방청객들은 철문을 밀며 들어왔습니다. 재판관이 물었습니다.

"이름은?"

"김광수요."

"또?"

"춘산이라는 호가 있습니다."

"다나카는 누구인가?"

"일제 때 잠시 붙였던 이름입니다. 지금은 김광수입니다."

"그때 무슨 일을 했나?"

"거기에 대해서는 제가 고백하는 글을 쓸까 합니다."

"쓰는 건 쓰는 거고, 대답을 하라."

"저는 친일을 할 수밖에 없어서 친일을 한 것입니다. 너무 할 말이 많아 대답하기 곤란합니다."

"할 말이 많다는 건 지은 죄가 너무 많다는 건가?"

"……."

이렇게 친일 문인 김광수는 자신이 지은 죄에 대해서는 물어도 비겁하게 대답이 없었습니다. 양승덕의 공판이 있던 날 치영은 불편한 몸을 이끌고 법정에 나가 보았습니다. 여기저기 낯익은 얼굴들도 많이 있었습니다. 고향에서 같이 자란 친구들이거나 동네 어른들이었습니다. 치영이 반갑게 인사를 나누고 자리를 잡자 잠시 후, 다섯 명의 간수에게 이끌려 검정 두루마기를 입은 피고 양승덕이 나타났습니다.

"아이고, 고생한 흔적이 하나도 없네."

사람들이 수근거렸습니다. 그도 그럴 것이 감옥살이하느라 힘들었을 승덕의 얼굴은 오히려 피둥피둥했습니다. 그는 천천히 입장했고 뒤따라 그를 변호하는 변호인이 세 사람이나 따라 들어와 자리에 앉았습니다. 그러자 꽉 차게 들어선 방청객들은 물을 끼얹듯 잠잠해졌습니다. 기자들이 들어와 취재할 준비를 하고 있었습니다.

꽉 찬 방청석에서는 사람들이 침묵을 하고 긴장했습니다.

"모두 일어서십시오."

법관들이 들어온다는 소리에 사람들은 모두 일어섰습니다. 이윽고 재판관과 배석 판사들, 검찰관, 입회 서기가 법정으로 들어왔습니다.

"지금부터 재판을 하겠습니다."

재판관의 개정 선언이 있었습니다. 그러자 검찰관이 앞에 있는 양승덕의 죄를 낱낱이 고했습니다. 아버지인 양성수와 함께한 그의 친일 행위는 너무나도 교활하고 약삭빠른 것이어서 사람들은 이야기를 들으며 모두 이를 갈았습니다. 비행기를 바치는 대목에서는 사람들이 모두 한숨을 쉬었습니다. 검찰관의 발언이 끝나자 재판관이 말했습니다.

"지금 검찰관의 말에 따라 피고를 심문하겠다. 그대는 우리 한민족의 문제에 대해 생각해 본 적이 있는가?"

"조금밖에 생각한 적이 없습니다."

"그 조금이라는 것이 어느 정도인가?"

"일제 치하에서 가장 슬프게 생각한 것은 일본인들이 우리를 너무나 차별 대우하고 학대한다는 것이었습니다. 거기에서 저는 말할 수 없는 슬픔을 느꼈습니다."

"피고는 과거에 〈내선신문〉에 '조선과 일본의 관계'라는 제목으로 글을 쓰면서 조선과 일본은 뭉쳐야 살고 흩어지면 죽는 관계이니 입술이 없으면 이가 시리고 이가 없으면 입술이 쭈그러지는 것과 같다고 한 적이 있는가?"

"있습니다."

"그대는 내선신문이 어떤 신문이라고 생각하나?"

"내선신문은 저희 아버님께서 만든 신문으로 총독부의 의사를 발표하고 그들의 의견을 잘 풀어 실어 주는 신문입니다."

"그래서 그런 기사를 쓴 것이란 말인가?"

"당시에 기자들이 찾아와서 담화 발표를 요구할 때 모르는 용어들도 많고 해서 저는 그저 기자들에게 적당히 써 달라고 했을 뿐입니다."

'저런 비겁한 놈······.'

치영은 그 말을 방청석에서 들으며 혼자 이를 갈았습니다.

"부잣집 아들로 일본 유학까지 갔다 온 지식인인 그대가 쓴 기사를 이제 와서 기자가 썼다고 발뺌하는 겐가?"

"······."

승덕이 과거에 쓴 글에 대해 묻고 대답하는 미지근한 식으로 재판은 진행되었습니다. 결국 그러더니 다음 재판 날짜를 잡고는 싱겁게 반민특위의 재판은 끝이 났습니다.

"이럴 수가 있단 말이오?"

치영은 재판을 보고 나와서 통분하지 않을 수 없었습니다. 일제에 앞잡이 노릇을 하며 잘 먹고 잘 살던 자들은 이런 식으로 흐리멍텅한 재판을 받으며 시간을 끌었습니다. 게다가 이 반민특위는 정부의 비협조로 지지부진했습니다.

며칠 뒤, 김재필의 공판도 열렸습니다. 치영은 이번에도 또 공판장에 나갔습니다.

근엄한 표정으로 재판관은 김재필에게 물었습니다.

"그대는 일본 고등경찰에서 일을 한 적이 있는가?"

"그저 일본놈들 심부름을 좀 했을 뿐입니다."

김재필은 뻔뻔하게 말했습니다.

"고등경찰로 있으면서 수많은 애국지사들을 잡아들이고 탄압한 사실이 있는가?"

"왜놈들이 이 사람을 잡아라, 저 사람을 잡아라 시키는 통에 할 수 없이 잡았습니다. 그렇지만 애국지사를 잡지는 않았고 범죄자만 잡았습니다."

'저, 저런 죽일 놈!'

치영은 듣다 못해 이를 갈았습니다. 재판정의 사람들도 모두 놀라 술렁거렸습니다.

"저는 애국자를 결코 잡지 않았습니다. 그리고 일본놈 밑에서 조선 경찰이 스스로 알아서 할 수 있는 일이 뭐가 있었겠습니까? 다 일본놈들이 시키는 대로 했죠. 단지 목구멍이 포도청이라 했을 뿐입니다."

"피고는 만주에서 독립군들을 정탐해서 밀고한 적이 있

지 않소?"

"그런 일 없습니다."

"피고의 아버지인 김익부도 일본놈들 앞잡이였다지?"

"아버님 일은 내가 잘 모릅니다."

"피고는 피고의 아버지인 김익부와 함께 조선국민 총동원 협력연맹을 만들어 일제에 충성을 바치지 않았던가?"

"그건 그저 아버님께서 도와 달라고 해서 심부름을 좀 했을 뿐입니다. 죄도 없는 우리 아버지가 총에 맞아 그때 돌아가실 뻔했습니다."

김재필은 묻는 질문마다 자신은 모른다, 심부름을 했을 뿐이다라고 대답하면서 빠져나갔습니다. 지켜보던 치영은 가슴이 터질 것만 같아서 재판장에서 뛰쳐나와 버렸습니다.

'아아, 인간의 탈을 쓰고 어찌 저리도 뻔뻔할 수 있단 말이냐?'

치영은 분노로 머리털이 일어설 것 같은 걸 참고 비틀거리며 걸어갔습니다.

박동숙의 재판날에는 치영이 차마 가 보지 못했습니다. 그토록 가깝던 친구 동숙이 민족을 팔아먹은 반역자가 되어 재판받는 것을 구경할 수가 없었던 것입니다. 물론 반민특위의 재판이 벌써 형식에 그치고 있어 실망이 크기도 했습니다. 박동숙은 회색 치마 저고리를 입고 재판장에 섰습니다.

"그대가 여류 친일 시인 박동숙인가?"

"예, 그러나 친일 시인은 아닙니다."

"그대가 쓴 〈출전가〉 같은 시를 읽고 많은 조선 청년들이 일본놈들의 총알받이가 되었는데도 친일 시인이 아니라고?"

"그렇습니다. 그것은 제 문학 세계의 일부일 뿐입니다."

박동숙은 당당하게 말했습니다.

"그대는 우리 국민들을 단지 계몽 대상으로 파악해서 우리의 처지가 아직도 빈곤하니 일본의 힘에 기대어 커야 한다고 주장하지 않았던가?"

"그건 맞습니다. 그러나 그때는 그럴 수밖에 없었습니다. 반도가 온통 일본놈들 천지였으니까요."

"그래서 피고는 자신의 죄를 인정하지 못한다는 말인가?"

"저는 시인으로서의 제 앞길을 열심히 걸었을 뿐입니다."

"그대는 일본놈들에게서 받은 강연료와 책을 내서 번 돈

으로 학교를 세우려 한다는 게 사실인가?"

"사실입니다. 이제 독립 국가가 되었으니 저도 새로운 민족의 일꾼을 만들어 볼까 합니다."

"그대가 그토록 민족을 팔아먹고도 우리의 젊은이를 교육시키겠다는 것인가?"

박동숙은 아무 말도 못하고 있었습니다. 재판정의 청중은 모두 한심하다는 듯 혀를 찼습니다.

"적반하장*이로군."

"고양이에게 생선을 맡기는 격이지."

이렇게 반민족 행위를 한 자들의 재판은 싱겁게 이어졌습니다. 치영은 억울하고 누군가에게 홀린 듯한 기분을 지울 수가 없었습니다. 지금까지 살아온 자신의 삶이 헛되게만 느껴졌습니다. 고생한 독립 투사들에 대한 대접은 소홀하면서 친일파들은 이렇게 너그럽게 봐 주는 것을 이해할 수 없었습니다.

---

* 적반하장 : 도둑이 도리어 매를 든다는 뜻. 잘못한 사람이 잘한 사람을 나무라는 경우에 쓰는 말

1949년 2월 15일 정부는 조사 반대 여론을 받아들여 개정안을 제출했습니다. 더 이상 반민특위를 계속하지 말자는 것이었습니다. 그래서 제24차 본회의에서 반민특위법은 없어져버렸습니다. 1949년 6월에는 배치되었던 경찰이 철수해 버려 사실상 반민특위는 기능을 상실했습니다.

이렇게 반민특위가 흐지부지되고 큰 벌을 받을 줄 알았던 친일파들은 다시 활개를 치고 다닐 수 있게 되었습니다.

게다가 일제시대 때 독립을 위해 싸웠던 독립군들은 해방 후의 민족 국가 건설 과정에서 친일파의 전체 재산을 몰수하여 나라의 것으로 만든다는 정책을 세웠으나 새 정부에서 실시한 농지 개혁 과정에서 그것이 제대로 실시되지 않아 그 재산은 그대로 친일파 후손에게 물려졌습니다. 결국 독립은 했지만 독버섯 같은 친일파는 완전히 제거하지 못하고 만 것입니다.

어느새 또 추운 겨울이 다 물러갔습니다. 꽝꽝 얼어붙었던 한강도 녹아 강물이 출렁거리며 흘러갔습니다. 먼 산의 아지랑이가 봄이 왔음을 알리고 있었습니다.

한적한 산길을 절룩거리며 걷는 남자의 모습이 보였습니다. 그의 얼굴에는 이미 깊은 주름이 생기기 시작했습니다. 나라의 독립을 위해 온 몸을 바쳤던 변치영이었습니다. 그는 가던 걸음을 멈추고 먼 산을 바라보았습니다. 뭉게구름이 피어 나는 하늘에는 밝게 웃는 아버지의 얼굴과 늙은 어머니의 얼굴이 보였습니다. 김두호 선생님도 보였습니다.

"휴우!"

치영은 아무 생각 없이 멍하니 넋을 놓고 앉아 있었습니다. 독립을 위해 살아온 자신의 한평생이 덧없게만 느껴졌습니다. 뭐가 잘못되어 과거의 죄를 지은 자들이 더 큰소리로 떵떵거리고 잘 사는 나라가 된 것인지 몰라 머릿속은 혼란스러웠습니다.

'아! 나라가 독립되면 무궁화를 활짝 피울 수 있을 줄 알았건만……'

치영은 아직 이 땅에 무궁화가 활짝 피지 못하고 있음을 느꼈습니다.

'나라는 두 동강 나고 과거의 역사는 청산되지 않았으니 못다 핀 무궁화는 누가 피우려나. 아아!'

그때였습니다. 나물 캐는 바구니를 들고 산으로 올라가는 아이들이 있었습니다.

"야! 같이 가자."

"그래, 어서 와!"

나물을 캐러 가는 아이들을 물끄러미 바라보고 있자니 과거의 일들이 떠올랐습니다. 지금은 너무나도 변해 버린 동숙과 자신의 천진난만하던 모습도 떠올랐습니다. 동숙은 자신이 친일해서 번 돈으로 학교를 세워 교육자로 활동하고 있었습니다.

"그래, 못다 핀 무궁화는 너희들이 피워야 하는 거란다. 이 나라는 너희들 같은 어린 새싹이 있어서 영원히 이어질 것이다!"

치영은 언젠가 다시 피어날 무궁화를 가슴속에 그려 보았습니다. 그리고 자리를 털고 일어나 다시 힘을 내서 갈 길을 가기 시작했습니다. 높은 하늘에는 종달새만 지지배배 지저귀고 있었습니다.

독립군이 된 소년 변치영은 50년 뒤 나라를 구한 독립운동가로 인정 받아 국립묘지에 묻혔습니다.